Homère

L'Odyssée

Traduction de Leconte de Lisle (1867)
revue et adaptée par Nora Nadifi

LE DOSSIER

Le récit des exploits d'un héros

L'ENQUÊTE

Naviguer dans l'Antiquité

Notes et dossier
Nora Nadifi
Agrégée de lettres classiques

Collection dirigée par
Bertrand Louët

Hatier

Sommaire

ISBN : 978-2-218-93963-1

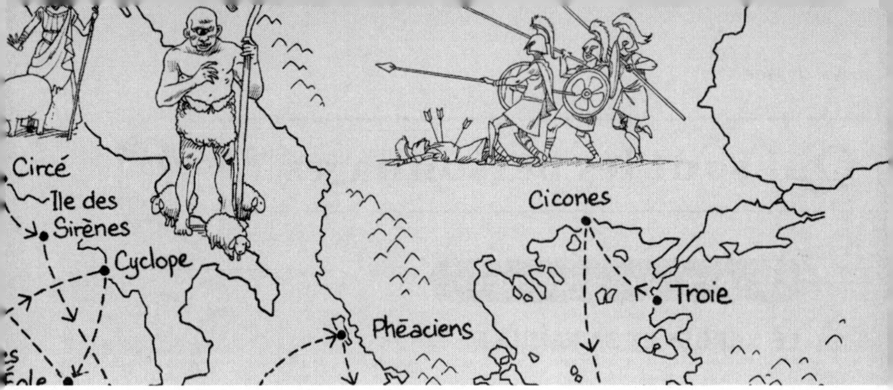

* Tous les mots suivis d'un * sont expliqués dans le lexique p. 125.

Qui sont les personnages ?

Les personnages principaux

LE HÉROS* ET SA FAMILLE

ULYSSE
« Homme aux mille tours », il se distingue par son courage et son ingéniosité.

TÉLÉMAQUE
Fils d'Ulysse et de Pénélope, il est noble mais inexpérimenté.

PÉNÉLOPE
Épouse d'Ulysse, harcelée par les prétendants qui la pressent de choisir un nouvel époux parmi eux, elle se caractérise par sa fidélité et son esprit de ruse.

Les personnages secondaires

ENNEMIS ET AMIS D'ULYSSE

Les prétendants : en l'absence d'Ulysse, ces nobles d'Ithaque, avides et impatients, convoitent la main de Pénélope et le trône.
Alkinoos et Nausicaa : c'est à la cour d'Alkinoos, roi sage et généreux, que le héros raconte son odyssée. La fille d'Alkinoos, Nausicaa, est une belle et jeune princesse.

LES DIEUX

POSÉIDON

Dieu des océans armé d'un trident, il poursuit Ulysse de sa haine et l'empêche de rentrer chez lui.

ATHÉNA

Déesse de l'intelligence et de la guerre, elle protège Ulysse dont elle plaide la cause auprès de son père, Zeus.

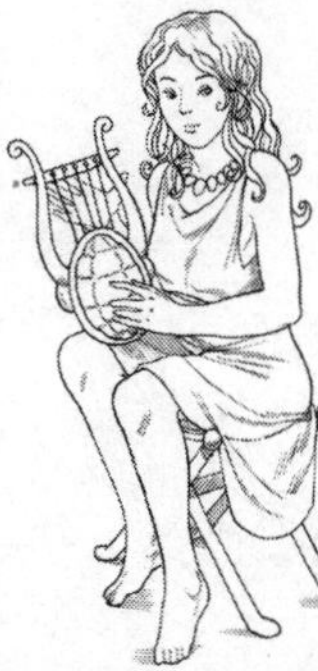

CALYPSO ET CIRCÉ

L'une est une nymphe, l'autre une redoutable sorcière ; elles retiennent toutes deux Ulysse auprès d'elles.

MONSTRES ET CRÉATURES

Polyphème : cyclope, fils du dieu Poséidon.

Les Sirènes : monstres de la mer, mi-femmes, mi-oiseaux, dont le chant merveilleux égare les marins.

Charybde et Scylla : monstres marins qui représentent un péril mortel pour les navigateurs.

Quelle est l'histoire ?

Les circonstances

Après un siège de dix ans, les Achéens (les Grecs) ont vaincu les Troyens et brûlé leur cité. Ils reprennent la mer pour regagner leurs royaumes. Ulysse, roi d'Ithaque, est l'un d'eux. Il cherche à regagner son île. Mais il mutile le cyclope, ce qui lui vaut la haine de Poséidon qui parsème sa navigation de terribles dangers et le fait errer de longues années.

L'action

1. À Ithaque, la situation est critique : les prétendants pressent la femme d'Ulysse, Pénélope, d'épouser l'un d'entre eux. Télémaque, leur fils, trop jeune pour les combattre, va à Pylos demander au roi Nestor des nouvelles d'Ulysse.

2. Pendant ce temps, Ulysse est retenu captif par Calypso. Mais il regrette sa patrie. Il reprend la mer sur un radeau puis, naufragé, est recueilli par Nausicaa qui l'emmène au palais de son père, Alkinoos. Là, Ulysse raconte ses aventures.

Le but

Les poèmes homériques ne sont pas seulement des récits relatant les exploits de héros hors du commun. Ils fournissent des modèles de courage, de dévouement et d'intelligence incarnés par ces héros. Ces récits, dont les enfants grecs apprenaient des passages par cœur, offrent aussi une initiation à la morale et au respect des dieux, ainsi qu'un modèle de langage noble.

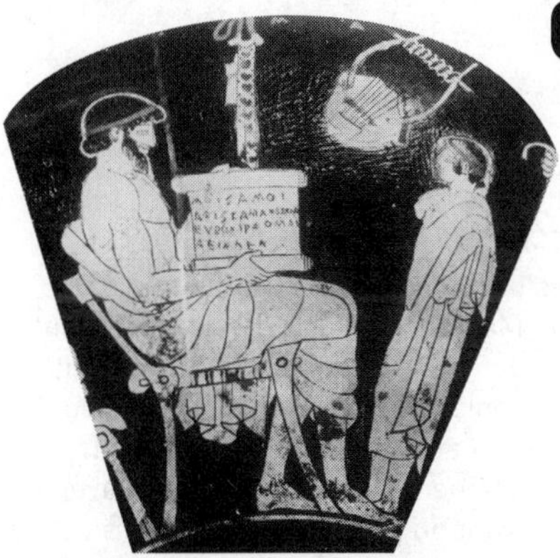

Scène d'école, *coupe attique à figures rouges attribuée au peintre Douris (vers 500-460 avant J.-C.) (Berlin, musée de Pergame).*

3. À peine échappé des mains du cyclope Polyphème, il affronte la colère d'Éole, dieu des vents. Il perd encore des compagnons, tués par des géants cruels, les Lestrygons.

4. Ulysse rentre à Ithaque sous les traits d'un mendiant. Il est hébergé par le porcher Eumée chez lequel il revoit son fils Télémaque. Tous deux, avec l'aide d'Athéna, préparent leur vengeance : le massacre des prétendants.

Qui est l'auteur ?

Homère, *buste en marbre (Paris, musée du Louvre).*

Homère

● DES ORIGINES OBSCURES

On sait peu de choses d'Homère, l'auteur présumé de l'*Iliade* et de l'*Odyssée*. Même si les historiens s'accordent à penser qu'il vivait au VIIIe siècle avant J.-C. et qu'il était né à Smyrne ou Chios, en Ionie, cela reste incertain. On doute même que ces épopées* aient été écrites par lui seul.
On le représente généralement comme un vieillard aveugle, récitant ses poèmes devant un public fasciné. Il aurait vécu dans la pauvreté une partie de sa vie errante.

● L'*ILIADE* ET L'*ODYSSÉE*

L'*Iliade* est un poème épique guerrier, antérieur de quelques décennies à l'*Odyssée*, et relate la dernière des dix années du siège de Troie par les Achéens. On y voit combattre les valeureux chefs des peuples de la Grèce, dont le plus courageux est Achille. Parmi leurs adversaires se distingue Hector, fils du roi Priam. Les dieux prennent part aux combats acharnés des hommes.
L'*Odyssée* relate la navigation et les mésaventures d'Ulysse, roi d'Ithaque, dont la ruse a permis de renverser Troie. Ce n'est qu'après de longues années et de dangereuses épreuves qu'il regagnera son île et son trône.

● UNE ŒUVRE FONDATRICE

Qu'il ait réellement existé ou qu'il soit légendaire, Homère fut considéré dès l'Antiquité comme un poète quasi divin descendant d'Orphée et du dieu Apollon. Les poèmes homériques étaient la base de l'éducation des enfants grecs. Son œuvre a exercé une influence immense sur l'ensemble de la littérature occidentale moderne.

EN GRÈCE	**vers 1200** Chute de Troie	**1100-800** Âges obscurs : période de déclin de la civilisation grecque		**800-500** Période archaïque
DANS LE RESTE DU MONDE MÉDITERRANÉEN	**1333-1323** Règne de Toutankhamon en Égypte	**vers 1200** Alphabet phénicien	**925** Fondation du royaume de Judée	**901** Construction du temple du roi Salomon

Que se passe-t-il à l'époque ?

En Grèce

• LA FIN DES SIÈCLES OBSCURS

Au VIIIe siècle avant J.-C., les Grecs forment des cités-états indépendantes. On y redécouvre l'écriture ; on reprend le commerce avec l'Orient. Le développement de la navigation marque le début d'une période de colonisation (770 à 675 avant J.-C.) : les Grecs fondent des villes en Asie mineure et en Italie du Sud.

• L'ART ET LES JEUX

La poterie peinte, la sculpture et l'architecture en pierre se développent. On crée les jeux Olympiques (776 avant J.-C.), qui ont lieu tous les quatre ans au sanctuaire de Zeus, à Olympie ; ils marquent une période de trêve entre les peuples grecs et consistent en affrontements sportifs : courses hippiques, pentathlons (lancer du disque, du javelot, sauts, courses) et luttes.

Le monde méditerranéen

• AU MOYEN-ORIENT, LES PHÉNICIENS

Au IIe millénaire avant J.-C., les Phéniciens s'établissent autour de la Méditerranée. Considérés comme les meilleurs navigateurs de l'Antiquité, ils ont peut-être voyagé jusqu'en Amérique.
Vers 1200 avant J.-C., ils inventent un alphabet dont sont issus les alphabets grec, latin et arabe.

• EN ITALIE : VILLANOVIENS ET ÉTRUSQUES

Peuple sédentaire d'éleveurs cultivateurs, les Villanoviens sont présents en Italie du Nord au Ier millénaire avant J.-C.
Ils maîtrisent le travail du fer et du bronze, l'art de la poterie, et leur culture influença celle des Étrusques.
La civilisation étrusque se développe au VIIIe siècle avant J.-C., en Italie centrale. Réputés pour leur grande religiosité et leur raffinement, les Étrusques ont transmis aux Romains des connaissances dans les domaines de la religion, des arts et des techniques.

vers 750
Homère

776
Premiers jeux Olympiques

770
Début de la première période de colonisation par les peuples grecs

IXe siècle
Culture de Villanova en Étrurie (Italie)

Fin IXe siècle
Apparition de la civilisation étrusque en Italie centrale

814
Fondation de Carthage par les Phéniciens

753
Fondation légendaire de Rome

Lestrygons
Calypso
Lotophages

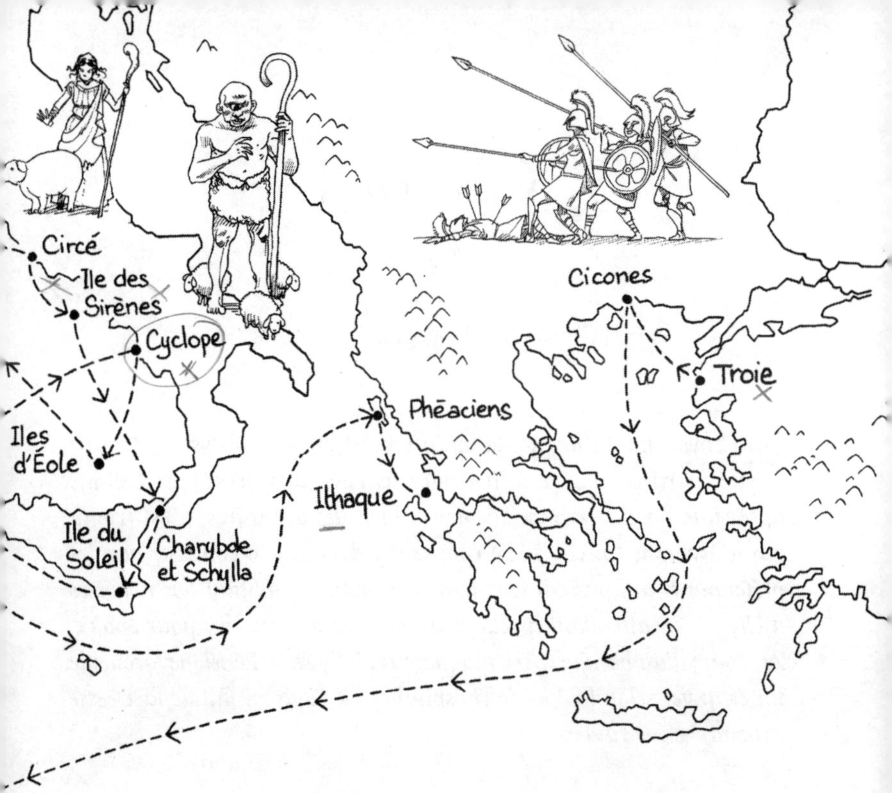
Circé
Ile des Sirènes
Cyclope
Iles d'Éole
Ile du Soleil
Charybde et Schylla
Phéaciens
Ithaque
Cicones
Troie

L'Odyssée

Chant I

Conseils d'Athéna à Télémaque

Au royaume d'Ithaque, la situation est critique. Ulysse, le roi de la cité, parti combattre à Troie depuis vingt ans, n'est pas revenu : après une longue errance en mer et bien des aventures, il est retenu par la nymphe Calypso. Son épouse Pénélope se voit courtiser par des prétendants qui passent leur temps en festins, profitant des richesses d'Ulysse, en attendant qu'elle choisisse l'un d'entre eux pour époux. Au cours d'un banquet, Télémaque, fils d'Ulysse et Pénélope, accueille un étranger selon les lois de l'hospitalité : il s'agit en fait de la Déesse Athéna, venue l'aider.

Un héraut[1] donna une cithare[2] à Phémios[3], qui chantait là à contrecœur. Il en joua et commença un beau chant. Mais Télémaque dit à Athéna aux yeux pers●, lui parlant à l'oreille afin de ne pas être entendu des autres :

1. **Héraut** : personne qui annonce la venue de quelqu'un, messager.
2. **Cithare** : instrument de musique à cordes que l'on frappe ou gratte, ressemblant à une lyre.
3. **Phémios** : il est l'aède qui chante à la cour d'Ulysse lors des banquets. Il chante à contrecœur car il lui déplaît de distraire les prétendants qui déshonorent le palais de son maître.

● **L'adjectif « pers » désigne une couleur où le bleu domine. Il caractérise les yeux clairs et brillants de la déesse. L'expression « aux yeux pers » est ce qu'on appelle une épithète homérique : un adjectif qui qualifie un héros ou une divinité et met en valeur l'une de ses caractéristiques. Tu vas en découvrir beaucoup d'autres dans ce texte : par exemple, « le divin Ulysse », etc.**

– Cher étranger, m'en voudras-tu de le dire ? La cithare et le chant plaisent à ces gens-là, car ils dévorent impunément les richesses d'un homme dont les os gisent quelque part, sur la terre, ou roulent dans les flots de la mer. S'il revenait à Ithaque, tous préféreraient avoir des pieds rapides plutôt que toutes les richesses ! Mais il est mort, victime d'un destin funeste ; et nous n'avons plus d'espoir, même si on nous annonçait son retour : ce jour n'arrivera jamais. Mais dis-moi, sincèrement : qui es-tu, et de quelle race ? Où est ta ville et qui sont tes parents ? Sur quel navire es-tu venu ? Quels marins t'ont conduit à Ithaque ? Tu n'es pas venu à pied, je pense. Viens-tu pour la première fois ou mon père t'a-t-il déjà reçu ? Car beaucoup d'hommes connaissent notre demeure et Ulysse aussi rendait visite à de nombreux hôtes.

La Déesse Athéna aux yeux pers lui répondit :

– Je vais te parler sincèrement. Je suis Mentès, fils du brave Anchialos, et je commande aux Taphiens[1], de bons marins. Voguant sur la sombre mer vers des peuples étrangers, j'ai abordé ici avec mes compagnons, je vais à Témésa échanger de l'airain[2] contre du fer luisant. Mon navire s'est arrêté loin de la ville, dans le port Rhéitrôs. Nous sommes reçus à Ithaque depuis des générations. Tu peux interroger le vieux héros Laërte[3] dont on dit qu'il ne vient plus en ville, qu'il vit dans une campagne éloignée, seul avec une vieille femme qui lui sert son repas, quand il s'est fatigué à parcourir ses vignes. Je suis venu, parce qu'on disait ton père de retour ; mais les Dieux l'en empêchent. Car le divin Ulysse n'est pas mort : il vit, prisonnier sur une île lointaine ; des hommes rudes et farouches le retiennent de force.

1. **Taphiens** : Grecs habitant l'île de Taphos.
2. **Airain** : nom poétique pour désigner le bronze.
3. **Laërte** : père d'Ulysse.

Mais, aujourd'hui, je vais te prédire ce que les Immortels[1] m'inspirent et qui s'accomplira, bien que je ne sois pas devin[2]. Il ne restera pas longtemps loin de sa chère terre natale, même s'il est captif. Et il trouvera les moyens de revenir : son esprit est si ingénieux. Mais dis-moi sincèrement si tu es le véritable fils d'Ulysse. Ton visage et tes beaux yeux ressemblent tant aux siens ! Car nous nous sommes rencontrés souvent, avant son départ pour Troie, où allèrent aussi, sur leurs navires, les autres chefs argiens[3]. Depuis, nous ne nous sommes pas revus.

Le sage Télémaque lui répondit :

– Étranger, je te parlerai sincèrement. Ma mère dit que je suis fils d'Ulysse, mais moi, je n'en sais rien, car personne, de lui-même, ne sait qui est son père. J'aurais préféré être le fils d'un homme heureux, vieillissant chez lui ! On dit maintenant que c'est du plus malheureux des mortels que je suis né, puisque tu veux savoir.

La Déesse Athéna aux yeux pers lui répondit :

– Tu n'es point, par les Dieux, issu d'une race sans gloire, digne fils de Pénélope. Mais réponds-moi sincèrement : quel est ce repas ? Pourquoi cette assemblée ? En avais-tu besoin ? Est-ce un festin ou une noce ? C'est sans doute toi qui l'offres, tant ces convives mangent avec insolence dans cette demeure ! Tout homme sensé s'indignerait de te voir assister à un tel scandale.

Le sage Télémaque lui répondit :

1. **Les « Immortels »** : désigne les dieux, qui ne meurent pas, à l'opposé des « mortels », les humains.
2. **Devin** : homme capable de connaître la volonté des dieux et de prédire l'avenir.
3. **Argien** : habitant d'Argos, royaume d'Agamemnon. Au pluriel, ce nom désigne chez Homère l'ensemble des Grecs allés à Troie, ceux-ci étant également désignés par les noms d'Achéens ou de Danaens.

– Étranger, puisque tu m'interroges, sache que cette demeure fut autrefois riche et honorée, tant que le héros habita le pays ; mais, aujourd'hui, les Dieux, source de nos malheurs, en ont décidé autrement, et ils ont fait de lui le plus ignoré d'entre tous les hommes. Je ne le pleurerais pas ainsi, même le sachant mort, s'il était tombé parmi les Troyens, ou s'il était mort auprès des siens, après la guerre. Alors les Panachéens[1] lui auraient bâti un tombeau, et il aurait légué à son fils une grande gloire. Mais les Harpies[2] l'ont enlevé sans gloire, et il est mort. Nul n'a rien su, ni rien appris de lui, et il ne m'a laissé que ma douleur. Cependant je ne gémis pas uniquement sur lui car les Dieux m'ont envoyé d'autres peines amères. Tous ceux qui règnent sur les îles Doulichion, Samé, Zante[3] couverte de forêts et ceux qui commandent dans la rude● Ithaque courtisent ma mère et épuisent mes biens. Ma mère ne peut refuser des noces odieuses ni mettre fin à ceci ; et ces hommes engloutissent mes richesses et me perdront bientôt aussi.

Indignée, Pallas Athéna[4] lui répondit :

– Ah ! sans doute, tu as grand besoin d'Ulysse qui saurait châtier[5] ces prétendants injurieux ! Car s'il survenait et se tenait debout sur le seuil de la porte, avec le casque, le bouclier et deux piques, [...] au milieu des prétendants, leur destinée serait brève et leurs noces bien amères ! Mais il appartient aux Dieux de décider s'il reviendra, ou non, les punir dans sa demeure.

1. **Panachéens** : l'ensemble des Achéens, tous les peuples grecs.
2. **Harpies** : déesses marines représentées comme des oiseaux à visage humain et personnifiant les tempêtes.
3. **Doulichion, Samé, Zante** : îles proches de celle d'Ithaque.
4. **Pallas** : surnom de la déesse Athéna qui signifierait « jeune fille ».
5. **Châtier** : punir.

● **Ithaque est une île rocailleuse, contrairement à Zante « couverte de forêts ».**

Je t'exhorte[1] donc à chercher comment tu pourras les chasser d'ici. Maintenant, écoute, et souviens-toi de mes paroles : demain, réunis l'assemblée des Achéens, parle-leur en prenant les Dieux à témoin. Contrains les prétendants à rentrer chez eux. Que ta mère, si elle désire se marier, retourne chez son père qui est encore puissant. Ses proches la marieront et lui donneront une aussi grande dot qu'il convient à une fille bien-aimée. Et suis mes sages conseils : arme ton meilleur navire de vingt rameurs, et va t'informer de ton père parti depuis si longtemps. Interroge des gens ou écoute les rumeurs, écho que fait Zeus à la gloire des hommes. Rends-toi d'abord à Pylos et questionne le divin Nestor[2] ; puis à Sparte, auprès du blond Ménélas[3], qui, de tous les Achéens cuirassés d'airain, est revenu le dernier. Si tu apprends que ton père est vivant et revient, attends encore une année, malgré ta douleur ; mais si tu apprends qu'il est mort, reviens dans ton pays lui élever un tombeau, célébrer de dignes funérailles comme il convient, puis donner ta mère à un mari.

(Vers 155-256 et 265-292)

1. **Exhorter** : encourager vivement.
2. **Nestor** : roi de Pylos, qui a combattu à Troie. Il est réputé pour son habileté à maîtriser la conduite des chars de guerre.
3. **Ménélas** : roi de Sparte, frère d'Agamemnon. L'enlèvement de son épouse Hélène par le prince troyen Pâris a déclenché la guerre de Troie.

Chant II

À Pylos, chez Nestor

Télémaque se rend donc à Pylos, chez le roi Nestor, en compagnie d'Athéna qui, cette fois, a pris l'apparence du vieux Mentor, l'homme à qui Ulysse a confié son fils avant de partir pour Troie.

Alors que le soleil, quittant son beau lac, montait dans le ciel d'airain, apportant la lumière aux Immortels et aux mortels, ils arrivèrent à Pylos, la citadelle bien bâtie de Nélée[1]. Les Pyliens, sur le rivage de la mer, faisaient des sacrifices de taureaux noirs à Poséidon aux cheveux bleus●. Il y avait neuf rangs de sièges, et sur chaque rang cinq cents hommes étaient assis, et devant chaque rang il y avait neuf taureaux égorgés.

Ils goûtaient la viande et brûlaient pour le dieu les os des cuisses●, quand les gens d'Ithaque entrèrent dans le port, serrèrent les voiles du navire et, l'ayant amarré, descendirent à terre. Puis Télémaque sortit, conduit par Athéna. La Déesse aux yeux pers lui dit :

1. **Nélée** : fils de Poséïdon et de Tyro, et père de Nestor.

● **Lors d'un sacrifice, les os, partie incorruptible de la bête, étaient brûlés en offrande aux dieux ; les assistants mangeaient la viande rôtie de l'animal sacrifié.**

● **Poséidon est le dieu grec des océans et des tremblements de terre. Sa puissance est symbolisée par son trident. La couleur de ses cheveux renvoie à celle de son royaume, la mer. Il est l'ennemi d'Ulysse dans l'*Odyssée* et cherche à le faire périr.**

– Télémaque, ne sois plus timide, maintenant que tu as traversé la mer pour l'amour de ton père, afin de t'informer sur son sort. Allons ! va droit au dompteur de chevaux Nestor, et voyons quelle pensée renferme son cœur. Supplie-le de te dire la vérité. Il ne mentira pas, car il est plein de sagesse.

Le sage Télémaque lui répondit :

– Mentor, comment l'aborder et le saluer ? Je n'ai pas d'expérience pour faire des discours, et un jeune homme rougit d'interroger un vieil homme.

Athéna, la Déesse aux yeux pers, lui répondit :

– Télémaque, tu sauras quoi dire ou un Dieu te l'inspirera, car je ne pense pas que tu sois né et que tu aies été élevé sans la bienveillance des Dieux.

Ayant ainsi parlé, Pallas Athéna le précéda rapidement : il la suivit aussitôt. Ils parvinrent à l'assemblée où siégeaient les Pyliens. Là était assis Nestor avec ses fils, et leurs compagnons, autour d'eux, préparaient le repas, faisaient rôtir les viandes ou les embrochaient. Dès qu'ils virent les étrangers, ils vinrent tous à eux et, leur tendant les mains, les firent asseoir●. Le fils de Nestor, Pisistrate, s'approcha le premier, les prit l'un et l'autre par la main et leur fit place au repas, sur des peaux moelleuses étalées sur le sable, auprès de son frère Thrasymède et de son père. Puis, il leur offrit des portions d'entrailles[1], versa du vin dans une coupe d'or et, la présentant à Pallas Athéna, fille de Zeus qui tient l'égide[2], il lui dit :

1. **Entrailles** : organes internes des animaux (foie, cœur, reins).
2. **Égide** : bouclier recouvert de peau de chèvre. C'est un attribut de Zeus que celui-ci confie souvent à Athéna.

● **Les Pyliens accueillent les étrangers d'Ithaque selon les règles de l'hospitalité, valeur sacrée pour les Grecs. Ils les nourrissent avant même de demander leurs noms.**

– Maintenant, mon hôte, prie le roi Poséidon. Ce festin auquel vous prenez part est pour lui. Après les libations[1] et les prières au Dieu, comme il convient, donne cette coupe de vin doux à ton compagnon, afin qu'il fasse à son tour des libations. Je pense qu'il prie aussi les Dieux car tous les hommes ont besoin d'eux. Mais il est plus jeune que toi et semble être de mon âge, c'est pourquoi je te donne d'abord cette coupe d'or.

Ayant ainsi parlé, il lui mit aux mains la coupe de vin doux, et Athéna se réjouit de la sagesse et de l'équité du jeune homme pour lui avoir présenté la coupe en premier. Aussitôt elle supplia le Roi Poséidon :

– Entends-moi, ô Poséidon, maître de la terre● ! Ne nous refuse pas, nous t'en supplions, d'accomplir notre dessein. Glorifie d'abord Nestor et ses fils, et sois favorable à tous les Pyliens en récompense de cette riche hécatombe[2]. Fais, enfin, que Télémaque et moi repartions, après avoir réalisé le projet qui nous a fait venir sur notre sombre navire.

Elle pria ainsi, exauçant elle-même ses vœux●. Puis elle donna la belle coupe ronde à Télémaque, et le cher fils d'Ulysse supplia aussi le Dieu. Dès que les Pyliens eurent rôti les viandes, ils les retirèrent du feu, distribuèrent les parts et célébrèrent le festin splendide. Dès qu'ils eurent satisfait leur soif et leur faim, Nestor, le vieux maître des chars, parla ainsi :

– Maintenant, nous pouvons demander à nos hôtes qui ils sont, puisque les voilà rassasiés. Mes hôtes, qui êtes-vous ? Naviguez-

1. **Libation** : action de répandre un liquide (vin, lait...) en l'honneur d'une divinité.
2. **Hécatombe** : sacrifice de cent bêtes.

● **Poséidon est aussi le dieu des tremblements de terre.**

● **C'est en tant que Mentor , dont elle a pris l'apparence, qu'Athéna fait la prière que Télémaque et elle réussissent à obtenir des informations sur Ulysse. En tant que déesse, elle a le pouvoir d'accomplir elle-même cette prière.**

vous pour commercer ou êtes-vous pirates qui, au risque de leur vie, pillent les étrangers ?

Le prudent Télémaque lui répondit avec assurance, car Athéna affermissait son cœur pour qu'il s'informe de son père absent et qu'il ait bonne renommée :

– Nestor, fils de Nélée, grande gloire des Achéens, nous venons d'Ithaque, au pied du mont Néion, pour une affaire privée. Je cherche à entendre parler de l'immense gloire de mon père, le divin Ulysse à l'âme endurante qui, autrefois, dit-on, combattant avec toi, a renversé la ville des Troyens. Nous avons su dans quel lieu chacun de ceux qui combattaient contre les Troyens a trouvé la mort. Mais au seul Ulysse le fils de Cronos● a fait une mort obscure : aucun ne peut dire où il a péri, tué par des ennemis, ou noyé dans la mer. C'est pour lui que je viens, à tes genoux, te demander de me dire, si tu le veux bien, quelle a été sa mort cruelle, soit que tu l'aies vue de tes yeux, soit que tu l'aies apprise de quelque voyageur ; car il est né pour être très malheureux. Ne me laisse pas espérer en vain, par compassion, mais parle-moi ouvertement, je t'en supplie, si jamais mon père, le vaillant Ulysse a tenu, en paroles et en actes, les promesses qu'il t'avait faites, chez le peuple des Troyens, où vous, Achéens, avez subi tant de maux. Souviens-t'en maintenant, et dis-moi la vérité.

Le vieux maître des chars, Nestor, lui répondit :

● **Il s'agit de Zeus. Titan, fils d'Ouranos et de Gaia, Cronos est le dieu du Temps. Il est le père de plusieurs dieux du panthéon grec : Zeus, Poséïdon, Hadès, Déméter, Héra et Hestia. À noter : le procédé qui consiste à remplacer un mot (« Zeus ») par une expression équivalente (« le fils de Cronos ») se nomme périphrase. Ce procédé poétique est très fréquent chez Homère.**

– Ami, tu me rappelles les malheurs que nous, fils indomptables des Achéens, nous avons subis chez le peuple troyen, lorsque sur nos navires, voguant sur la mer sombre, nous errions en quête de butin, conduits par Achille, et lorsque nous combattions autour de la grande ville du roi Priam[1], là où tant de vaillants guerriers ont été tués. C'est là que gisent le brave Ajax, Achille, Patrocle[2] semblable aux Dieux par la sagesse, et mon fils, mon robuste et intrépide Antiloque, le meilleur à la course et au combat. Et nous avons subi tant d'autres malheurs : quel mortel pourrait les raconter tous ? Tu pourrais rester ici à m'interroger pendant cinq ou six ans, que tu retournerais, plein de tristesse, dans ta patrie, avant de connaître tous les malheurs subis par les divins Achéens. Pendant neuf ans, nous avons assiégé Troie par mille ruses ; c'est avec peine que le fils de Cronos nous donna la victoire. Là, nul n'égala jamais le divin Ulysse en ingéniosité[3], car ton père, si vraiment tu es son fils, l'emportait sur tous par ses innombrables ruses. Mais l'admiration me saisit en te regardant : ton langage ressemble au sien, et on ne te croirait pas si jeune, tant tu sais parler comme lui. Là-bas, le divin Ulysse et moi, à l'assemblée ou au conseil, étions toujours d'accord et, égaux en sagesse, nous donnions aux Achéens les meilleurs conseils. [...]

On dit que le noble fils du magnanime[4] Achille[5] a ramené en sûreté les Myrmidons[6], habiles à manier la lance. Philoctète,

1. **La grande ville du roi Priam** : périphrase qui désigne Troie, en Asie mineure.
2. **Patrocle** : guerrier achéen, meilleur ami d'Achille.
3. **Ingéniosité** : inventivité, capacité à réfléchir pour trouver des solutions.
4. **Magnanime** : noble et bienveillant.
5. **Achille** : héros achéen, chef des Myrmidons, mort à Troie. Fils de la déesse Thétys, il était invulnérable, sauf au talon.
6. **Myrmidons** : peuple achéen dont le chef était Achille, le plus fameux des guerriers achéens qui périt à Troie, tué par une flèche que le prince troyen Pâris lui décocha au talon.

l'illustre fils de Poeas, a aussi ramené les siens, et Idoménée a reconduit en Crète, sans en perdre aucun en mer, ses compagnons qui avaient survécu à la guerre. Tu as entendu parler du fils d'Atrée●, bien qu'habitant au loin, et tu sais qu'il revint, et qu'Égisthe[1] lui infligea une mort lamentable. Mais le meurtrier est mort misérablement : il est bon qu'un homme laisse un fils qui le venge. Oreste a tiré vengeance d'Égisthe qui avait tué son noble père. Toi, mon cher, que je vois si beau et si grand, sois brave, afin qu'on parle bien de toi dans l'avenir.

Le sage Télémaque lui répondit :

– Nestor, gloire des Achéens, certes, Oreste a tiré une juste vengeance, et tous les Achéens l'en glorifient comme ceux qui viendront l'en glorifieront. Si les Dieux m'avaient donné la force de faire expier[2] aux prétendants le malheur et la honte qu'ils me causent... Mais ils ne nous ont pas accordé cet honneur, ni à mon père ni à moi, et maintenant, il me faut tout supporter.

Le vieux maître des chars, Nestor, lui répondit :

– Ami, on m'a rapporté que de nombreux prétendants, à cause de ta mère, pillent tes biens et conspirent contre toi. Mais, dis-moi, souffres-tu ces malheurs sans réagir, ou bien les peuples, suivant l'oracle[3] d'un Dieu, t'ont-ils pris en haine● ? Qui sait si Ulysse ne châtiera pas un jour une si grande injustice, seul, ou aidé de tous les Achéens ? Qu'Athéna aux yeux pers puisse t'aimer autant

1. **Égisthe** : amant de Clytemnestre. Elle lui demanda d'assassiner son époux Agamemnon à son retour de Troie.
2. **Expier** : souffrir pour se faire pardonner une faute.
3. **Oracle** : message des dieux transmis aux hommes par des devins ou des prêtres.

● **Il s'agit d'Agamemnon, frère de Ménélas.**

● **Nestor demande en fait à Télémaque s'il subit cette odieuse situation par faiblesse ou parce que les dieux l'ont décidé ; dans ce dernier cas, Télémaque ne peut rien faire, ne pouvant s'opposer à la volonté des dieux.**

qu'elle aimait le glorieux Ulysse, à Troie, où nous avons tant souffert ! Non, je n'ai jamais vu les Dieux chérir aussi manifestement un homme que Pallas Athéna chérissait Ulysse. Si elle t'aimait ainsi et te protégeait, chacun des prétendants oublierait bien vite ses désirs de mariage !

(Vers 1-129 et 188-224)

Télémaque et Pisistrate, fils du roi Nestor, se rendent alors à Sparte pour y interroger le roi Ménélas, l'époux d'Hélène. Ils y apprennent qu'Ulysse vit toujours.

Chant V

Chez Calypso

Tandis que Télémaque s'informe de ce qu'est devenu son père, Ulysse est retenu par la nymphe Calypso, amoureuse de lui. Cela fait ainsi sept ans qu'il demeure auprès d'elle. Athéna ayant prié Zeus de permettre à Ulysse de rentrer chez lui (chant I), le dieu envoie son fils Hermès auprès de la nymphe afin qu'elle le laisse repartir.

Hermès attacha aussitôt à ses pieds de belles sandales, faites d'or inaltérable, qui le portaient, au-dessus de la mer ou de la terre, pareil au souffle du vent. Il prit aussi la baguette à l'aide de laquelle il charme les yeux des hommes, ou les réveille, quand il le veut. Sa baguette en main, le messager meurtrier d'Argos● s'envola vers la Périe[1], tombant du haut du ciel au-dessus de la mer et s'élança, rasant les flots, semblable à la mouette qui, autour des larges golfes de la mer déchaînée, chasse les poissons et plonge ses ailes robustes dans l'écume salée. Pareil à cet oiseau, Hermès rasait les flots innombrables●. Et, quand il fut

1. **Périe** : région située au pied de l'Olympe.

● **Il s'agit du dieu Hermès. L'épithète grecque *argéïphontès* a été traduite par « meurtrier d'Argos », en référence à la légende qui raconte le meurtre de ce géant par Hermès.**

● **Hermès, voyageur aux sandales ailées, est comparé à une mouette. C'est une comparaison homérique : un personnage ou une scène sont rapprochés d'une réalité très concrète (animal, phénomène de la nature).**

arrivé à l'île lointaine, il sortit de la mer bleue et alla jusqu'à la vaste grotte que la nymphe[1] aux belles boucles habitait : il l'y trouva. Un grand feu brûlait, et l'odeur du cèdre et du thuia[2] ardents parfumait toute l'île. La nymphe chantait d'une belle voix, tissant une toile avec une navette[3] d'or. Une forêt verdoyante environnait la grotte. On y voyait l'aune, le peuplier et le cyprès odorant, où les oiseaux aux longues ailes faisaient leurs nids : les chouettes, les éperviers et les bavardes corneilles de mer qui s'agitent au-dessus des flots. Une vigne vigoureuse, dont les grappes mûrissaient, entourait la grotte, et quatre cours d'eau limpide, d'abord réunis, s'écartaient et faisaient verdir de molles prairies de violettes et d'aches[4]. Un Immortel, s'en approchant, contemplerait ce lieu et en serait charmé. Le Messager meurtrier d'Argos s'arrêta et, ayant tout admiré, entra aussitôt dans la vaste grotte.

Calypso, divine parmi les Déesses, le reconnut, car les Dieux immortels se reconnaissent entre eux, même quand ils habitent loin les uns des autres. Hermès ne vit pas dans la grotte Ulysse au grand cœur : celui-ci pleurait, assis sur le rivage ; le cœur déchiré de sanglots et de gémissements, il regardait la mer agitée et versait des larmes. Mais Calypso, divine parmi les Déesses, interrogea Hermès, assise sur son trône splendide :

– Pourquoi es-tu venu vers moi, Hermès à la baguette d'or, que j'aime et respecte, toi que je n'ai jamais vu ici ? Dis-moi ce que tu veux. Mon cœur désire te satisfaire, si je le puis et si

1. **Nymphe** : divinité féminine de la nature. C'est Calypso qui est désignée par l'expression « la nymphe aux belles boucles ».
2. **Le cèdre et le thuya** : conifères méditerranéens.
3. **Navette** : pièce en bois qui sert à tisser sur un métier.
4. **Ache** : plante.

cela est possible. Mais suis-moi, afin que je t'offre, en hôte, le repas.

Ayant ainsi parlé, la Déesse dressa une table, servit l'ambroisie et mêla le rouge nectar[1]. Le messager meurtrier d'Argos but, mangea, et quand il fut rassasié, il dit à la Déesse :

– Tu me demandes pourquoi un Dieu vient vers toi, Déesse ; je te dirai la vérité, comme tu le désires. Je suis venu contre mon gré sur ordre de Zeus, car qui parcourrait volontiers les immenses eaux salées où il n'y a aucune ville de mortels qui offrent aux Dieux des sacrifices, des hécatombes de choix ? Mais aucun Dieu ne peut résister à la volonté de Zeus qui tient l'égide[2]. On dit qu'auprès de toi vit le plus malheureux de tous les hommes qui ont combattu pendant neuf ans autour de la ville de Priam, et qui, l'ayant saccagée dans la dixième année, rentrèrent chez eux sur leurs navires. Ils avaient offensé Athéna●, qui souleva contre eux le vent, les vagues et le malheur. Tous les braves compagnons d'Ulysse périrent, et lui-même fit naufrage ici. Maintenant, Zeus t'ordonne de le renvoyer au plus vite, car sa destinée n'est point de mourir loin des siens, mais de les revoir et de rentrer dans son palais et dans sa patrie.

Il parla ainsi. Calypso, divine parmi les Déesses, frémit, et lui répondit ces paroles ailées[3] :

– Dieux injustes qui êtes jaloux des autres Dieux : vous enviez les Déesses qui dorment ouvertement avec les mortels qu'elles choisissent pour maris. Ainsi, quand l'Aurore aux doigts de roses enleva Orion, vous fûtes jaloux d'elle, vous les Immortels, jusqu'à

1. **L'ambroisie et le nectar** : nourriture et boisson des dieux.
2. **Égide** : bouclier recouvert de peau de chèvre. C'est un attribut de Zeus que celui-ci confie souvent à Athéna.
3. **Paroles ailées** : image poétique typique de la poésie homérique.

● **Athéna s'est vengée ainsi car Ajax, fils d'Oïlée, a violenté Cassandre, une de ses prêtresses.**

ce que la chaste Artémis au trône d'or eût tué Orion de ses douces flèches, dans Ortygie● ; aussi, quand Déméter aux belles boucles, amoureuse, s'unit à Iasion sur une terre fraîchement labourée●, Zeus, l'ayant su aussitôt, le tua en le frappant de la foudre brillante. Maintenant, vous m'enviez parce que je garde auprès de moi un mortel que j'ai sauvé et recueilli seul sur sa carène[1], après que Zeus eut fendu d'un jet de foudre son navire rapide sur la mer sombre. Tous ses braves compagnons avaient péri, et le vent et les flots l'ont poussé ici. Je l'ai aimé et recueilli, et je me promettais de le rendre immortel, le mettant pour toujours à l'abri de la vieillesse. Mais aucun Dieu ne peut résister à la volonté de Zeus qui tient l'égide. Puisqu'il veut qu'Ulysse erre à nouveau sur la mer agitée, soit. Mais je ne le renverrai pas moi-même, car je n'ai ni navires armés d'avirons, ni compagnons qui puissent le reconduire sur le large dos de la mer. Je lui révélerai volontiers, sans lui rien cacher, ce qu'il faut faire pour qu'il parvienne sain et sauf dans sa patrie.

Le messager meurtrier d'Argos lui répondit aussitôt :

– Renvoie-le dès maintenant : évite la colère de Zeus, de peur qu'il s'emporte contre toi à l'avenir.

Ayant ainsi parlé, le messager meurtrier d'Argos s'envola, et la vénérable Nymphe, sur ses ordres, alla vers Ulysse au grand cœur. Et elle le trouva assis sur le rivage : il ne pouvait s'arrêter de pleurer et perdait sa vie à gémir tant il souhaitait rentrer.

(Vers 44-153)

1. **Carène** : partie immergée de la coque d'un navire.

● **Ortygie : île natale d'Apollon, dieu des arts et de la beauté, et d'Artémis, déesse vierge de la chasse.**

● **Iasion est le frère de Dardanos, fils de Zeus et ancêtre des rois de Troie. Il rencontra Déméter aux noces de Cadmos et Harmonie. Il s'unit à elle sur un champ trois fois labouré, donnant naissance à Ploutos, dieu de la richesse.**

Le radeau d'Ulysse : navigation et naufrage

Conseillé par Calypso, Ulysse construit un radeau afin de reprendre la mer.

Aussitôt Ulysse trancha les arbres sans perdre de temps. Il en abattit vingt qu'il ébrancha, équarrit et aligna au cordeau[1]. Pendant ce temps Calypso, divine parmi les Déesses, apporta des tarières[2] ; et il perça les bois et les unit entre eux, les liant avec des chevilles et des cordes. Grande est la cale d'un navire de charge que construit un excellent ouvrier : aussi grand était le radeau construit par Ulysse. Il éleva un pont qu'il fit de planches épaisses et il tailla un mât auquel il attacha l'antenne[3]. Puis il fit le gouvernail, qu'il munit de claies[4] de saule pour qu'il résiste au choc des flots ; puis il amassa un grand lest[5]. Pendant ce temps, Calypso, divine parmi les Déesses, apporta de la toile pour faire les voiles. Il les fit habilement et les lia aux antennes avec des cordes. Puis il conduisit le radeau à la mer large, à l'aide de leviers. Le quatrième jour, tout était achevé ; et le cinquième jour, la divine Calypso le renvoya de l'île, l'ayant baigné et habillé de vêtements parfumés. La Déesse

1. **Équarrir** : tailler, dégrossir. **Aligner au cordeau** : aligner bien droit à l'aide du cordeau, petite corde tendue entre deux points pour faire une ligne droite.
2. **Tarière** : grande vrille pour percer des trous dans le bois.
3. **Antenne** : longue pièce de bois qui soutient la voile.
4. **Claie** : treillage en bois.
5. **Lest** : poids dont on charge un navire pour l'alourdir ou le stabiliser.

mit sur le radeau une outre[1] de vin noir et une plus grande pleine d'eau, une grande quantité de vivres fortifiants dans un sac de cuir, puis elle fit souffler un vent doux et propice.

Et le divin Ulysse, joyeux, déploya ses voiles ; s'étant assis à la barre, il gouvernait habilement, sans s'endormir. Il contemplait les Pléiades, et le Bouvier qui se couchait, et l'Ourse qu'on nomme le Chariot, et qui tourne à la même place en regardant Orion, sans jamais – c'est la seule – se baigner dans l'Océan●. Calypso, divine parmi les Déesses, lui avait ordonné de naviguer en l'ayant toujours à sa gauche. Pendant dix-sept jours, il fit route sur la mer. Le dix-huitième, apparurent les monts boisés du pays des Phéaciens. Cette terre toute proche lui apparaissait comme un bouclier sur la mer sombre.

Le Puissant qui ébranle la terre[2] revenait du pays des Éthiopiens. Du haut des montagnes des Solymes[3], il vit de loin Ulysse traversant la mer : son cœur s'échauffa violemment●, et secouant la tête, il se dit :

– Ô Dieux ! les Immortels en ont décidé autrement du sort d'Ulysse pendant mon absence. Voici qu'il approche du pays des Phéaciens, où son destin est de rompre la longue chaîne de misères qui l'accablent. Mais je pense qu'il va en subir encore.

1. **Outre** : sac en peau de bête.
2. **Le Puissant qui ébranle la terre** : périphrase qui désigne le dieu Poséidon.
3. **Solymes** : peuple de Lycie, ancienne région côtière du sud-ouest de l'Asie mineure.

● **Chez Homère et dans la pensée grecque archaïque, l'Océan est un dieu-fleuve qui entoure le monde. Les Pléiades, le Bouvier et l'Ourse sont des constellations.**

● **Poséidon, dieu des océans, ne pardonne pas à Ulysse d'avoir aveuglé son fils, le cyclope Polyphème, et tente de le faire périr.**

Ayant ainsi parlé, il amassa les nuées[1] et souleva la mer. Il saisit de ses mains son trident[2] et déchaîna la tempête de tous les vents. Et il enveloppa de nuages la terre et la mer, et la nuit se rua du haut du ciel. L'Euros et le Notos soufflèrent, et le violent Zéphyr et l'impétueux Borée●, soulevant de grandes vagues. Ulysse sentit son cœur et ses genoux brisés, et se dit tristement, en son grand cœur :

– Ah ! malheureux que je suis ! Que va-t-il m'arriver ? Je le crains, la Déesse ne m'a pas trompé quand elle m'a dit que je subirais de nombreux malheurs sur la mer, avant de rentrer chez moi. Voici que ses paroles s'accomplissent. De quelles nuées Zeus couronne le large ciel ! La mer est soulevée, les tempêtes de tous les vents sont déchaînées, et voici ma ruine suprême. Trois et quatre fois heureux les Danaens qui sont morts autrefois, devant la grande Troie, pour plaire aux fils d'Atrée ! Si seulement les Dieux m'avaient laissé subir ma destinée en mourant le jour où les Troyens m'assiégeaient de leurs lances d'airain autour du cadavre d'Achille ! Alors j'aurais eu des funérailles, et les Achéens auraient chanté ma gloire. Maintenant ma destinée est de mourir sans gloire !

Il parla ainsi, et une grosse vague, se ruant sur lui, effrayante, renversa le radeau. Ulysse en fut enlevé, et le gouvernail arraché de ses mains ; la tempête horrible des vents rassemblés brisa le mât par le milieu, et l'antenne et la voile furent emportées à la mer. Ulysse resta longtemps sous l'eau, ne pouvant émerger à cause de l'impétuosité de la mer. Il reparut enfin mais les vêtements que la divine Calypso lui avait donnés étaient alourdis ; il vomit

1. **Nuée** : nom poétique qui désigne un gros nuage.
2. **Trident** : arme, sorte de fourche qui, comme son nom l'indique, possède trois dents, trois pointes.

● **L'Euros est le vent de l'est, le Notos, le vent du sud, Zéphyr, le vent de l'ouest, et Borée, celui du nord.**

l'eau salée, et l'écume ruisselait de sa tête. Cependant, malgré son malheur, il n'oublia pas le radeau et, nageant avec vigueur à travers les flots, il le rattrapa et s'y assit, échappant à la mort. Et les grandes vagues impétueuses emportaient le radeau çà et là. De même que l'automnal Borée chasse dans les plaines les feuilles desséchées, de même les vents chassaient çà et là le radeau sur la mer. Tantôt l'Euros le cédait à Zéphyr qui l'entraînait, tantôt le Notos le cédait à Borée.

Mais la fille de Cadmos l'aperçut, Ino aux belles chevilles[1] qui, autrefois mortelle, se nomme désormais Leucothéa, honorée en Déesse dans les flots de la mer. Elle eut pitié d'Ulysse errant et accablé de douleurs. Elle émergea de l'abîme, semblable à une mouette et, se posant sur le radeau, elle dit à Ulysse : – Malheureux ! pourquoi Poséidon qui ébranle la terre est-il si cruellement irrité contre toi, qu'il t'accable de tant de malheurs ? Mais il ne te perdra pas, bien qu'il le veuille. Fais ce que je vais te dire, car tu ne me sembles pas manquer de sagesse. Rejette tes vêtements, abandonne le radeau aux vents et nage de tes bras jusqu'au pays des Phéaciens, où tu seras sauvé. Prends cette bandelette immortelle, étends-la sur ta poitrine et ne crains plus ni la douleur, ni la mort. Dès que tu auras touché le rivage de tes mains, tu la rejetteras au loin dans la sombre mer en te détournant.

La Déesse, ayant ainsi parlé, lui donna la bandelette puis replongea dans la mer tumultueuse, semblable à une mouette, et le flot noir la recouvrit. Mais le divin Ulysse à l'âme endurante hésitait, et il gémit en son grand cœur :

1. **Ino** : fille de Cadmos et Harmonie. Zeus lui confia son fils Dionysos, qu'il avait eu de Sémélé. Mais son épouse Héra, jalouse, la rendit folle et Ino se jeta dans la mer. Elle devint une déesse marine appelée Leucothée.

– Hélas ! je crains qu'un des Immortels trame une ruse contre moi en m'ordonnant de sauter du radeau. Je ne lui obéirai pas si facilement, car cette terre où je dois échapper à la mort est encore très loin. Je ferai ce qui me semble le plus sage : aussi longtemps que ces pièces de bois seront unies par leurs liens, je resterai ici et supporterai patiemment mon malheur, et dès que la mer aura rompu le radeau, je nagerai, car alors, je n'aurai pas d'autre choix.

Tandis qu'il pensait ainsi dans son esprit et dans son cœur, Poséidon qui ébranle la terre souleva une vague immense, effrayante, lourde et haute, et la jeta sur Ulysse. De même que le vent qui souffle avec violence disperse un tas de pailles sèches qu'il emporte çà et là, de même la mer dispersa les longues poutres, et Ulysse enfourcha l'une d'entre elles comme un cheval qu'on dirige. Il dépouilla les vêtements que la divine Calypso lui avait donnés, et étendit aussitôt sur sa poitrine la bandelette de Leucothéa. Puis, s'allongeant sur la mer, il étendit les bras et se mit à nager. Le Puissant qui ébranle la terre le vit, et secouant la tête, se dit :

– Va ! subis encore mille malheurs, errant sur la mer, avant d'aborder chez ces hommes nourris par Zeus ; tu ne riras plus, j'espère, de mes châtiments.

Ayant ainsi parlé, il poussa ses chevaux aux belles crinières et regagna, à Egées, ses demeures illustres.

Athéna, la fille de Zeus, avait d'autres projets. Elle rompit le cours des vents, et leur ordonna de cesser et de s'endormir. Elle excita, seul, le rapide Borée et refréna les flots, jusqu'à ce que le divin Ulysse, ayant évité la mort, parvint chez les Phéaciens, habiles navigateurs.

(Vers 243-387)

Chant VI

L'arrivée chez les Phéaciens

Finalement, Ulysse échoue sur la rive d'un fleuve de Phéacie. Là, la jeune et belle Nausicaa, fille d'Alkinoos, roi des Phéaciens, est venue laver du linge avec ses servantes.

Après leur repas, Nausicaa et ses servantes jouèrent à la balle, les bandelettes de leur tête dénouées. Nausicaa aux bras blancs commença à chanter. Ainsi Artémis●, la Déesse qui lance des flèches, parcourt les montagnes, le Taygète escarpé ou l'Érymanthe[1], parmi les sangliers et les cerfs rapides. Les Nymphes agrestes[2], filles de Zeus qui tient l'égide, jouent avec elle, et Léto[3] s'en réjouit. Artémis les dépasse toutes de la tête et du front, et on la reconnaît facilement, bien qu'elles soient toutes belles. Ainsi la jeune vierge brillait au milieu de ses femmes. Mais quand il fallut plier les beaux vêtements, atteler les mulets et retourner vers le palais, Athéna, la Déesse aux yeux pers, qui avait d'autres projets, voulut qu'Ulysse se réveille et voit la vierge aux beaux yeux pour qu'elle le conduise à la ville des Phéaciens.

1. **Taygète, Érymanthe** : montagnes de Grèce continentale.
2. **Agreste** : champêtre, rustique.
3. **Léto** : mère d'Artémis et d'Apollon.

● **Ici, une comparaison homérique met sur le même plan Nausicaa et la déesse de la chasse Artémis : toutes deux surpassent en beauté leurs compagnes, qui les suivent dans les bois.**

Alors, la jeune reine jeta une balle à l'une de ses femmes : celle-ci s'égara et tomba dans le fleuve profond. Toutes poussèrent de grands cris et le divin Ulysse s'éveilla. S'asseyant, il délibéra dans son esprit et dans son cœur :

– Hélas ! à quels hommes appartient cette terre où je suis venu ? Sont-ils des sauvages injustes, ou des gens hospitaliers qui craignent les Dieux ? J'ai entendu des cris de jeunes filles. Est-ce la voix des Nymphes qui habitent le sommet des montagnes, les sources des fleuves et les marais herbus, ou suis-je près d'humains doués de voix ? Je vais m'en assurer de mes propres yeux.

Ayant ainsi parlé, le divin Ulysse émergea des arbustes, et arracha de sa main vigoureuse un rameau épais afin de voiler sa nudité sous les feuilles. Et il se hâta, comme un lion des montagnes, confiant dans ses forces, marche à travers les pluies et les vents. Les yeux ardents, celui-ci se jette sur les bœufs, les brebis ou les cerfs sauvages, car la faim le pousse à attaquer les troupeaux et à pénétrer dans leurs étables closes. Ainsi Ulysse parut au milieu des jeunes filles aux beaux cheveux, nu, ne pouvant faire autrement. Il leur apparut horrible et souillé par l'écume de la mer, et elles s'enfuirent de tous côtés sur les hauteurs du rivage. Seule, la fille d'Alkinoos resta, car Athéna l'avait rendue audacieuse et intrépide. Elle resta donc seule en face d'Ulysse.

Celui-ci délibérait : il ne savait s'il devait supplier la vierge aux beaux yeux, en saisissant ses genoux●, ou la prier de loin, par des paroles caressantes, de lui donner des vêtements et de lui

● **Dans l'Antiquité grecque, saisir les genoux de quelqu'un est le geste rituel que fait un suppliant.**

montrer la ville. Il pensa qu'il valait mieux la supplier de loin de peur que, s'il saisissait ses genoux, elle ne s'en offusqua. Et, aussitôt, il lui adressa ce discours flatteur et adroit :

– Je te supplie, ô Reine, que tu sois Déesse ou mortelle ! si tu es Déesse, parmi ceux qui habitent le vaste ciel, tu dois être Artémis, fille du grand Zeus ; ta beauté, ta stature et ta grâce le prouvent. Si tu es une des mortelles qui habitent sur la terre, trois fois heureux ton père et ta vénérable mère ! trois fois heureux tes frères ! Sans doute leur cœur s'emplit de joie devant ta grâce, quand ils te voient te mêler aux danses ! Mais plus heureux entre tous celui qui, te comblant de présents nuptiaux[1], te conduira chez lui ! Car jamais je n'ai vu de mes yeux un homme aussi beau, ni une femme aussi belle : j'en suis saisi d'admiration. Une fois, à Délos, devant l'autel d'Apollon, je vis une jeune tige de palmier. Je suis allé là-bas et de nombreux compagnons faisaient avec moi ce voyage qui devait me porter malheur. En voyant ce palmier, je restai longtemps étonné qu'un arbre aussi beau fût sorti de terre. Ainsi je t'admire, ô femme, et je suis stupéfait. Je tremble de saisir tes genoux, moi qui aie tant souffert. Hier, après vingt jours, je me suis enfin échappé de la sombre mer. Pendant tout ce temps-là, les flots et les tempêtes m'ont entraîné de l'île d'Ogygie, et voici qu'un Dieu m'a poussé ici où m'attendent peut-être d'autres malheurs, car je ne pense pas en avoir vu la fin, et les Dieux vont sans doute m'en accabler de nouveau. Mais, ô Reine, aie pitié de moi, car c'est vers toi, la première, que je suis venu, après tant de misères. Je ne connais aucun des habitants de cette terre. Montre-moi la ville et donne-moi quelque lambeau pour me couvrir, si tu as ici ce qu'il faut. Que les Dieux exaucent

1. **Nuptial** : relatif au mariage.

tous tes désirs : un mari, une famille, une entente harmonieuse. Rien n'est plus désirable et meilleur que l'entente grâce à laquelle on gouverne sa famille : le mari et l'épouse haïssent ensemble leurs ennemis et chérissent ensemble leurs amis, et eux-mêmes sont heureux.

Nausicaa aux bras blancs lui répondit :

– Étranger, toi qui ne sembles ni lâche, ni insensé, tu sais que Zeus olympien dispense la richesse aux bons comme aux méchants, ce qu'il veut à chacun. S'il t'a fait ce destin, il faut le subir patiemment. Maintenant que te voici chez nous, tu ne manqueras ni de vêtements, ni de rien dont un malheureux suppliant peut avoir besoin. Je vais te montrer la ville et te dire le nom de notre peuple : les Phéaciens habitent cette ville et cette terre, et moi, je suis la fille d'Alkinoos au grand cœur, puissant souverain des Phéaciens.

Elle parla ainsi et commanda à ses servantes aux beaux cheveux :

– Venez près de moi, servantes. Pourquoi fuyez-vous à la vue de cet homme ? Pensez-vous que ce soit quelque ennemi ? Pas un homme vivant, ni aujourd'hui, ni plus tard, ne portera la guerre sur la terre des Phéaciens, car nous sommes très chers aux Dieux immortels, et nous habitons loin au-delà de la mer houleuse sans jamais fréquenter d'autres hommes. Mais si quelque malheureux errant vient ici, nous devons le secourir, car les hôtes et les mendiants viennent de Zeus●, et le don, même modique, qu'on leur fait, lui est agréable. Ainsi, servantes, donnez à notre hôte à manger et à boire, et baignez-le dans le fleuve, à l'abri du vent.

● **Zeus était considéré comme le protecteur de ceux qui demandaient l'hospitalité.**

Elle parla ainsi, et les servantes, s'encourageant l'une l'autre, revinrent et conduisirent Ulysse à l'abri du vent, comme l'avait ordonné Nausicaa, fille d'Alkinoos au grand cœur. Elles placèrent près de lui un manteau et une tunique, et lui donnèrent de l'huile liquide dans une fiole d'or, l'invitant à se laver dans le courant du fleuve. Mais alors le divin Ulysse leur dit :

– Servantes, éloignez-vous un peu, afin que je lave l'écume de mes épaules et que je me parfume d'huile, car il y a longtemps que mon corps manque de soin. Je ne me laverai pas devant vous, car je crains, par respect, de me montrer nu au milieu de jeunes filles aux beaux cheveux.

Il parla ainsi, et, se retirant, elles rapportèrent ses paroles à la vierge Nausicaa.

Et le divin Ulysse lava dans le fleuve l'écume salée qui couvrait son dos, ses reins et ses épaules, puis il purifia sa tête des souillures de la mer inféconde. Après s'être entièrement baigné et parfumé d'huile, il se couvrit des vêtements que la jeune vierge lui avait donnés. Et Athéna, fille de Zeus, le fit paraître plus grand et retomber en boucles sa chevelure aux reflets d'hyacinthe[1]. De même un habile ouvrier qui répand de l'or sur de l'argent, instruit dans les arts d'Héphaïstos● et de Pallas Athéna, achève de brillantes œuvres avec un grand savoir-faire, de même Athéna répandit la grâce sur la tête et les épaules d'Ulysse. Il s'assit ensuite à l'écart, sur le rivage de la mer, resplendissant de beauté et de grâce. Et la vierge, l'admirant, dit à ses servantes aux beaux cheveux :

– Écoutez-moi, servantes aux bras blancs : ce n'est pas contre le gré des Dieux de l'Olympe que cet homme divin est venu chez les

1. **Hyacinthe ou jacinthe** : fleur de couleur bleu foncé ou violette. Les cheveux d'Ulysse sont noirs à reflets bleutés.

● **Les arts d'Héphaïstos sont la forge et l'orfèvrerie : Héphaïstos, fils de Zeus et d'Héra, est un dieu forgeron.**

Phéaciens. Il m'a semblé d'abord méprisable, mais, maintenant, il est semblable aux Dieux qui habitent le vaste ciel. Si les Dieux pouvaient me donner un tel homme pour mari, s'il se plaisait ici et voulait rester ! Mais, vous, servantes, portez à notre hôte à boire et à manger.

Elle parla ainsi : les servantes l'écoutèrent puis lui obéirent. Elles portèrent à Ulysse à boire et à manger. Le divin Ulysse, qui avait tant enduré, buvait et mangeait avec voracité, car il était resté longtemps sans prendre de nourriture.

(Vers 99-250)

Ulysse et Nausicaa, *pyxide (vase) à figures rouges, attribuée au peintre de Meidias (fin du ve siècle avant J.-C.) (Boston, Museum of Fine Arts).*

Chant VIII

Le festin chez Alkinoos

Nausicaa emmène Ulysse jusqu'à la ville. Mais, craignant pour sa réputation, elle ne l'introduit pas elle-même au palais. C'est la Déesse Athéna, sous les traits d'une petite fille, qui l'y conduit. Là, le roi Alkinoos le reçoit et lui fait les honneurs de l'hospitalité. Au cours des banquets en l'honneur d'Ulysse chante Démodocos, l'aède[1] *de la cour. Il a déjà raconté la querelle d'Ulysse et d'Achille puis les amours d'Arès et d'Aphrodite. Lors de ce festin-ci, il s'apprête à chanter à nouveau.*

Les hommes faisaient les parts et mélangeaient le vin. Un héraut amena à nouveau l'aède fidèle, Démodocos, révéré par le peuple, et le plaça au milieu des convives, appuyé contre une haute colonne. Alors Ulysse, coupant la plus grosse part du dos d'un porc aux blanches dents, enveloppée de graisse, dit au héraut :

– Prends, héraut, et offre cette part de viande à Démodocos : qu'il mange. Moi aussi je veux le traiter en ami, malgré mon chagrin. Les aèdes sont dignes d'honneur et de respect parmi les hommes, car la Muse[2] leur a enseigné le chant et les chérit.

1. **Aède** : poète qui chante les exploits des héros en s'accompagnant de musique.
2. **Muse** : divinité des arts. Les neuf muses sont les filles de Zeus et de Mnémosyné, la Mémoire.

Il parla ainsi, et le héraut déposa la viande aux mains du héros Démodocos, qui la reçut avec joie. Et tous étendirent les mains vers la nourriture placée devant eux. Et, après qu'ils eurent satisfait leur soif et leur faim, le très sage Ulysse dit à Démodocos :

– Démodocos, je t'honore plus que tous les mortels, car c'est la Muse, fille de Zeus, ou bien Apollon, qui t'a instruit. Tu as admirablement chanté la destinée des Achéens, et tous les malheurs qu'ils ont endurés, toutes les fatigues qu'ils ont subies, comme si toi-même avais été présent, ou avais tout appris d'un Argien. Mais chante maintenant l'histoire du cheval de bois qu'Épéios fit avec l'aide d'Athéna, et que le divin Ulysse conduisit par ses ruses dans la citadelle, tout rempli d'hommes qui renversèrent Ilion[1]. Si tu m'en fais le récit exact, je déclarerai à tous les hommes qu'un Dieu bienveillant guide ce chant divin.

Il parla ainsi, et l'aède, inspiré par un Dieu, commença à chanter. Il raconta d'abord comment les Argiens, montés sur les navires aux bancs de rameurs, s'éloignèrent après avoir mis le feu aux tentes●. Mais les autres Achéens étaient assis déjà auprès de l'illustre Ulysse, enfermés dans le cheval, au milieu de l'agora[2] des Troyens. Ceux-ci, eux-mêmes, avaient traîné le cheval dans leur citadelle. Et là, il se dressait, tandis qu'ils proféraient mille paroles, assis autour de lui. Trois avis les partageaient : fallait-il fendre ce bois creux avec l'airain tranchant, le précipiter d'une hauteur sur les rochers, ou le garder comme une grande

1. **Ilion** : autre nom de Troie, qui a inspiré le titre de l'*Iliade*.
2. **Agora** : grande place où siège l'assemblée du peuple.

● **Les Argiens – ou Achéens, venus de Grèce – font semblant de s'en aller en embarquant sur leurs navires après avoir brûlé leur campement. Mais c'est une ruse afin que les Troyens acceptent sans méfiance le cheval de bois qu'ils ont laissé sur le rivage.**

offrande aux Dieux ? Ce dernier avis devait être accompli, car leur destin était de périr, après que la ville eut reçu dans ses murs le grand cheval de bois où attendaient les princes des Achéens qui devaient porter le meurtre et le trépas aux Troyens. Démodocos chanta comment les fils des Achéens se précipitèrent hors du cheval creux où ils étaient embusqués, et saccagèrent la ville. Puis, il chanta la dévastation de la ville escarpée, Ulysse et le divin Ménélas semblable à Arès, à l'assaut de la demeure de Déiphobe[1], et le très rude combat qu'ils livrèrent là, et comment ils vainquirent avec l'aide d'Athéna au grand cœur.

L'illustre aède chantait tout cela, et Ulysse défaillait ; sous ses paupières, coulaient des larmes sur ses joues. De même qu'une femme pleure et entoure de ses bras son mari bien aimé tombé devant sa ville et son peuple, abandonnant sa ville et ses enfants à un triste sort ; elle le voit à l'agonie, mourant, et se jette sur lui en hurlant, tandis que les ennemis, lui frappant le dos et les épaules du bois de leurs lances, l'emmènent comme esclave vouée aux durs travaux et les larmes du deuil ravagent ses joues ; de même Ulysse versait des larmes amères sous ses paupières.

(Vers 470-531)

Intrigué par les larmes d'Ulysse, le roi Alkinoos fait cesser le chant de l'aède et interroge son hôte : qui est-il ? d'où vient-il ? et quelle est la raison de son chagrin ?

1. **Déiphobe** : fils de Priam, roi de Troie, et d'Hécube, qui meurt lors de la prise de Troie. Il avait épousé Hélène après la mort de Pâris.

Chant IX

Le récit d'Ulysse : les Cicones et les Lotophages

Le très sage Ulysse lui répondit ainsi :

– Roi Alkinoos, le plus illustre de tout le peuple, il est doux d'écouter un aède tel que celui-ci, semblable aux Dieux par la voix. Rien n'est plus beau à voir que la joie de tout ce peuple, et tes convives, assis en rang dans ta demeure, écoutant l'aède, que les tables chargées de pain et de viandes, et l'échanson[1], puisant le vin dans le cratère[2], qui en remplit les coupes et les distribue. Rien n'est plus beau, pour moi, que de voir cela. Mais tu veux que je te dise mes douleurs lamentables : je n'en serai que plus affligé. Par où commencer ? Comment poursuivre ? comment finir ? car les Dieux ouraniens[3] m'ont accablé de malheurs innombrables. Je commencerai par dire mon nom, afin que vous le sachiez et me connaissiez, et que, si la cruelle mort m'épargne, je reste votre hôte, même si ma demeure se trouve loin d'ici.

Je suis Ulysse, fils de Laërte : tous les hommes me connaissent par mes ruses, et ma gloire est allée jusqu'aux cieux. J'habite la très illustre Ithaque, où se trouve le mont Nérite aux arbres battus par les vents. Plusieurs autres îles en sont voisines : Doulichion,

1. **Échanson** : jeune homme qui sert les boissons lors d'un banquet.
2. **Cratère** : vase à deux anses dans lequel on mêle le vin et l'eau.
3. **Ouranien** : qui se rapporte à Ouranos, le Ciel divinisé.

Samé, et Zante couverte de forêts. Ithaque est la plus éloignée de la terre ferme et émerge de la mer au nord, les autres se situant à l'est et au sud. Elle est rocailleuse, mais nourrit ses jeunes hommes ; aucune autre terre ne m'est plus douce à contempler. C'est vrai, la noble Déesse Calypso m'a retenu dans ses grottes profondes, me voulant pour mari ; et, de même, la perfide Circé m'a retenu dans sa demeure, en l'île d'Aiaié●, me voulant aussi pour mari. Mais elles n'ont point persuadé mon cœur, car rien n'est plus doux que la patrie et les parents pour celui qui est loin des siens, dans une terre étrangère, même s'il habite une riche demeure. Mais je vais te raconter mon retour et les peines que Zeus me causa depuis mon départ de Troie.

D'Ilion le vent me poussa chez les Cicones, sous l'Ismaros[1]. Là, je dévastai la ville et tuai les habitants● ; on répartit les femmes et l'abondant butin de sorte que chacun ait part égale. Alors, j'ordonnai de fuir sans tarder, mais ces insensés n'obéirent pas. Ils buvaient beaucoup de vin, et égorgeaient sur le rivage les brebis et les bœufs noirs aux pieds tors[2]. Et, pendant ce temps, des Cicones fugitifs en avaient appelé d'autres, leurs voisins, qui habitaient l'intérieur des terres. Ceux-ci étaient nombreux et braves, aussi habiles à combattre sur des chars qu'à pied. Ils vinrent aussitôt, aussi nombreux que les feuilles et les fleurs au printemps. Alors Zeus nous accabla, pour notre malheur, d'un

1. **Ismaros** : montagne de Thrace.
2. **Tors** : tordu, arqué.

● **L'île d'Aiaié se trouverait en Méditerranée orientale, plus précisément au nord-ouest de Naples, au cap Circeo.**

● **Ulysse et ses compagnons, tels des pirates, font une razzia, c'est-à-dire pillent la ville et tuent ses habitants avant d'être tués (voir l'« Enquête »).**

sort terrible. Ils nous combattirent auprès de nos navires rapides ; et, face à face, nous nous frappions de nos lances d'airain. Tant que dura le matin et que la lumière sacrée grandit, malgré leur multitude, nous résistâmes. Mais quand le soleil marqua l'heure de délier les bœufs, les Cicones domptèrent les Achéens, et six de mes compagnons aux belles cnémides[1] furent tués ; les autres, fuyant sur les navires, échappèrent à la mort et au trépas.

Nous nous éloignâmes, heureux d'avoir évité la mort mais le cœur triste d'avoir perdu nos chers compagnons ; et mes navires armés d'avirons des deux côtés ne s'éloignèrent pas avant d'avoir appelé trois fois chacun de nos compagnons tués● sur la plage par les Cicones. [...]

Je serais arrivé sain et sauf dans ma patrie, si la houle, le courant du cap Malée[2] et Borée ne m'avaient emporté au-delà de Cithère[3]. Et nous fûmes entraînés, pendant neuf jours, par les vents contraires, sur la mer poissonneuse : mais, le dixième jour, nous abordâmes la terre des Lotophages● qui se nourrissent d'une fleur. Là, sur le rivage, ayant puisé de l'eau, mes compagnons prirent leur repas auprès des navires rapides. La soif et la faim satisfaites, je choisis deux compagnons plus un troisième pour héraut et les envoyai s'informer sur les hommes qui vivaient là.

À peine partis, ils rencontrèrent les Lotophages qui ne leur firent aucun mal, mais leur offrirent le lotos à manger. Dès qu'ils eurent mangé le doux lotos, ils ne songèrent plus ni à leur

1. **Cnémide** : jambière de métal.
2. **Cap Malée** : cap de Laconie, au sud de la Grèce continentale.
3. **Cithère** : île située au sud du Péloponnèse (partie méridionale de la Grèce).

● **Cette triple clameur est poussée en l'honneur des guerriers morts au combat.**

● **Les Lotophages sont un peuple légendaire. Pacifiques, ils se nourrissent de la fleur du lotos, qui leur donne l'oubli.**

message, ni au retour. Pleins d'oubli, ils voulaient rester avec les Lotophages et manger du lotos. Et, les reconduisant aux navires, malgré leurs larmes, je les attachai sous les bancs, au creux des navires, et j'ordonnai à mes fidèles compagnons de se hâter de monter, de peur qu'en mangeant le lotos, ils oublient de revenir chez eux.

Ils montèrent sur nos navires rapides et, s'asseyant en ordre sur les bancs de rameurs, ils frappèrent de leurs avirons la mer écumeuse, et nous naviguâmes encore, le cœur triste.

(Vers 1-66 et 79-104)

LE CYCLOPE POLYPHÈME

Et nous parvînmes à la terre des Cyclopes● orgueilleux et sans lois ; confiants dans les Dieux immortels, ils ne plantent ni ne labourent de leurs mains. Et, sans être semées ni cultivées, toutes les plantes croissent pour eux, le froment et l'orge, et les vignes dont les grosses grappes, arrosées des pluies de Zeus, leur donnent le vin. Ils n'ont pas d'assemblées pour prendre les décisions ni de coutumes. Ils habitent le faîte de hautes montagnes, dans de profondes cavernes, et chacun d'eux gouverne sa femme et ses enfants, sans s'occuper des autres. [...]

● **Les Cyclopes sont des géants qui ne possèdent qu'un œil, au milieu du front.**

Ulysse et ses compagnons atteignent l'île pendant la nuit. Le lendemain, ils capturent des chèvres puis festoient tout le jour avant de s'endormir sur le rivage.

Quand l'Aurore aux doigts de roses, fille du matin, apparut, je convoquai l'assemblée et dis à tous mes compagnons :

– Restez ici, mes fidèles compagnons. Moi, avec mon navire et mes rameurs●, j'irai voir quels sont ces hommes, si ce sont des sauvages injustes, ou des gens hospitaliers qui craignent les Dieux.

Ayant ainsi parlé, je montai sur mon navire et j'ordonnai à mes compagnons d'y monter et de détacher le câble. Ils y montèrent, et, assis en ordre sur les bancs de rameurs, ils frappèrent la mer écumeuse de leurs avirons.

Nous parvînmes rapidement à un endroit tout proche à l'extrémité duquel nous vîmes une haute caverne ombragée de lauriers, près de la mer. Là, reposaient des troupeaux de brebis et de chèvres innombrables. Auprès, il y avait un enclos pavé de pierres taillées, entouré de grands pins et de hauts chênes feuillus. Là habitait un géant qui, seul et loin de tous, menait paître ses troupeaux, ne fréquentait personne mais vivait à l'écart, le malfaisant. C'était un monstre prodigieux : il ne ressemblait pas à un homme qui mange le pain, mais au faîte boisé d'une haute montagne, qui se dresse, seul, au milieu des autres sommets. [...]

● **Ulysse reprend la mer car il veut aller plus loin sur l'île des Cyclopes : il navigue en longeant la côte et va un peu plus loin que l'anse dans laquelle les autre navires attendent.**

Ulysse parti avec douze compagnons découvre l'antre du Cyclope, en son absence. Ils admirent cette caverne remplie d'étables et de fromages. Mais le Cyclope rentre ses bêtes et, au bout d'un certain temps, aperçoit le héros et ses hommes.

– Étrangers, qui êtes-vous ? D'où venez-vous sur la mer ? Est-ce pour commercer, ou êtes-vous pirates qui, au risque de leur vie, pillent les étrangers ?

Il parla ainsi, et notre cher cœur fut épouvanté au son de la voix du monstre et à sa vue. Mais je lui répondis ainsi :

– Nous sommes des Achéens revenant de Troie. Nous errons entraînés par tous les vents sur les flots immenses de la mer, cherchant notre demeure par des routes et des chemins inconnus. Zeus l'a voulu ainsi. Nous nous glorifions d'être les guerriers d'Agamemnon[1], fils d'Atrée, dont la gloire est sans égale sous le ciel. Car il a renversé une vaste ville et dompté des peuples nombreux. Nous nous prosternons, en suppliants, à tes genoux, pour que tu fasses les honneurs de l'hospitalité et les présents qu'on a coutume de faire à des hôtes. O Brave, crains les Dieux, car nous sommes tes suppliants : Zeus protège les suppliants et les étrangers dignes d'être reçus et respectés comme des hôtes.

Je parlai ainsi, et il me répondit d'un cœur impitoyable :

– Tu es insensé, étranger, et tu viens de loin, toi qui m'ordonnes de craindre les Dieux et de me soumettre à eux. Les Cyclopes ne se soucient point de Zeus qui porte l'égide, ni des Dieux bienheureux, car nous sommes plus forts qu'eux. Je n'épargnerai ni toi, ni tes compagnons pour éviter la colère de Zeus, à moins

1. **Agamemnon** : roi de Mycènes, chef de l'expédition des Achéens contre Troie. À son retour de la guerre, il fut assassiné par Égisthe, l'amant de sa femme Clytemnestre.

que mon cœur ne me le commande. Mais dis-moi où tu as laissé, pour venir ici, ton navire bien construit. Est-ce loin ou près ? que je le sache.

Il parla ainsi, voulant m'éprouver ; mais il ne put me tromper, car j'en savais beaucoup, et je lui répondis ces paroles trompeuses :

– Poséidon qui ébranle la terre a brisé mon navire contre les rochers d'un promontoire à l'extrémité de votre terre, où le vent l'a poussé depuis le large, et j'ai échappé à la mort avec ceux que tu vois ici.

Je parlai ainsi, et ce cœur impitoyable ne me répondit rien ; mais, se ruant sur nous, il étendit les mains vers mes compagnons, en saisit deux et les écrasa contre terre comme des petits chiens. Leur cervelle jaillit et coula sur le sol. Puis, les coupant membre à membre, il prépara son repas. Il les dévora comme un lion des montagnes, ne laissant rien de leurs entrailles, ni de leurs chairs, ni de leurs os. Et nous, en gémissant, nous levions nos mains vers Zeus, à la vue de cette atrocité, et le désespoir envahit notre âme.

Quand le Cyclope eut rempli son vaste ventre de chairs humaines et de lait en abondance, il s'endormit, étendu au milieu de l'antre, parmi ses troupeaux. J'avais le désir, en mon grand cœur, de tirer mon épée pointue de son fourreau, de me jeter sur lui et de le frapper au ventre, là où les entrailles entourent le foie ; mais une autre pensée me retint. En effet, nous aurions péri aussi d'une mort affreuse, car nous n'aurions pu déplacer de nos mains l'énorme rocher qu'il avait placé pour fermer la haute entrée de sa grotte. C'est pourquoi nous attendîmes en gémissant l'aurore divine.

Quand l'Aurore aux doigts de roses, fille du matin, apparut, il alluma le feu et se mit à traire ses nobles troupeaux. Il plaça les petits sous leurs mères. Puis, ayant achevé rapidement tout ce travail, il saisit de nouveau deux de mes compagnons et prépara son repas. Dès qu'il eut mangé, écartant sans peine la grande pierre, il poussa hors de l'antre ses gras troupeaux. Puis il remit le rocher en place, comme le couvercle d'un carquois. Et il mena avec beaucoup de bruit ses gras troupeaux sur la montagne.

Je restai, méditant une action terrible et cherchant comment je me vengerais et me demandant si Athéna exaucerait mon vœu. Et voici le dessein qui me sembla le meilleur. La grande massue du Cyclope gisait au milieu de l'enclos : c'était un olivier vert qu'il avait coupé afin de s'en servir comme appui quand il serait sec. Ce tronc nous parut aussi grand et large que le mât d'un navire de charge à vingt avirons qui fend les flots immenses. J'en coupai environ une brasse[1] que je donnai à mes compagnons, leur ordonnant de l'équarrir. Ils l'équarrirent, puis je taillai le bout de l'épieu en pointe, et je le passai dans le feu ardent pour le durcir. Je le cachai ensuite sous le fumier qui était abondamment répandu dans toute la caverne, et j'ordonnai à mes compagnons de tirer au sort ceux qui le soulèveraient avec moi pour l'enfoncer dans l'œil du Cyclope quand le doux sommeil l'aurait saisi. Ils tirèrent au sort, qui désigna ceux-là mêmes que j'aurais choisis. Ils étaient quatre, et j'étais le cinquième.

Le soir, le Cyclope revint, ramenant du pâturage ses troupeaux à la belle toison. Aussitôt, il les poussa tous dans la vaste caverne et ne laissa aucune bête dans l'enclos, soit par défiance, soit par la volonté d'un Dieu. Puis, il plaça l'énorme pierre devant l'entrée et, s'étant assis, il se mit à traire les brebis et les chèvres bêlantes. Puis, il mit les petits sous leurs mères. Ayant achevé rapidement tout ce travail, il saisit de nouveau deux de mes compagnons et

1. **Brasse** : longueur des deux bras étendus d'une main à l'autre (environ 1,60 mètre).

prépara son repas. Alors, tenant dans mes mains une coupe de vin noir, je m'approchai du Cyclope et lui dis :

– Cyclope, prends et bois ce vin après avoir mangé des chairs humaines, afin de savoir quel breuvage renfermait notre navire. Je t'en rapporterais de nouveau, si, me prenant en pitié, tu me laissais repartir : mais ta fureur est sans limite, cruel ! Quel homme pourra t'approcher à l'avenir, toi qui te conduis si mal ?

Je parlai ainsi, il prit la coupe et but avec joie ; puis, ayant bu le doux breuvage, il m'en demanda de nouveau :

– Donne-m'en encore, ami, et dis-moi tout de suite ton nom, afin que je te fasse un présent hospitalier qui te réjouisse. La terre féconde rapporte aussi aux Cyclopes un vin généreux, et les pluies de Zeus font croître nos vignes. Mais le tien est fait de nectar et d'ambroisie !

Il parla ainsi, et de nouveau je lui donnai de ce vin sombre. Je lui en offris trois fois, et trois fois il le but, fou qu'il était. Mais dès que le vin eut troublé son esprit, alors je lui adressai ces paroles doucereuses[1] :

– Cyclope, tu me demandes mon nom illustre. Je te le dirai, et tu me feras le présent hospitalier que tu m'as promis. Mon nom est Personne. Mon père et ma mère et tous mes compagnons me nomment Personne.

Je parlai ainsi, et ce cœur impitoyable me répondit :

– Je mangerai Personne après tous ses compagnons, tous les autres avant lui : ceci sera le présent hospitalier que je te ferai !

Il parla ainsi, et tomba à la renverse. Il gisait, courbant son cou monstrueux, et le sommeil qui dompte tout le saisit, et de sa gorge jaillirent le vin et des morceaux de chair humaine ; et il vomissait bruyamment, plein de vin. Aussitôt je mis l'épieu sous

1. **Doucereux** : faussement doux, mielleux.

la cendre pour l'échauffer. Je rassurai mes compagnons, afin qu'ils ne m'abandonnent pas, malgré leur terreur. Puis, comme l'épieu d'olivier, bien que vert, allait s'enflammer dans le feu qui brûlait violemment, je le retirai du feu. Mes compagnons étaient autour de moi, et une divinité nous inspira un grand courage. Ayant saisi l'épieu d'olivier pointu par le bout, ils l'enfoncèrent dans l'œil du Cyclope, et moi, appuyant dessus, je le tournais, comme un constructeur de navires troue le bois avec une tarière[1], tandis que ses compagnons la fixent des deux côtés avec une courroie, et qu'elle tourne sans s'arrêter. Ainsi nous tournions l'épieu enflammé dans son œil. Le sang chaud en jaillissait, et la vapeur de la pupille en flammes brûla ses paupières et son sourcil ; et les racines de l'œil frémissaient, comme lorsqu'un forgeron plonge une grande hache ou une doloire[2] dans l'eau froide qui renforce le métal, et que le fer crie. Ainsi son œil faisait un bruit strident autour de l'épieu d'olivier. Il poussa un hurlement horrible, et les rochers en retentirent. Et nous nous enfuîmes épouvantés. Il arracha de son œil l'épieu trempé de sang, et, plein de douleur, le rejeta au loin. Alors, à grands cris, il appela les Cyclopes qui habitaient autour de lui les cavernes des promontoires battus par les vents. Et, entendant sa voix, ils accoururent de tous côtés ; debout autour de l'antre, ils lui demandaient pourquoi il se plaignait :

– Pourquoi, Polyphème, pousses-tu de tels cris dans la nuit divine et nous réveilles-tu ? Souffres-tu ? Quelque mortel a-t-il enlevé tes brebis ? Quelqu'un veut-il te tuer par la force ou la ruse ?

Et le robuste Polyphème leur répondit du fond de son antre :

1. **Tarière** : grande vrille pour percer des trous dans le bois.
2. **Doloire** : instrument tranchant qui sert à aplanir ou amincir.

– Mes amis, vous me demandez qui me tue par ruse et non par force ? C'est Personne !

Et ils lui répondirent ces paroles ailées :

– Certes, nul ne peut te faire violence, si tu es seul. On ne peut échapper aux malheurs qu'envoie le grand Zeus. Supplie ton père, le roi Poséidon.

Ils parlèrent ainsi et s'en allèrent. Et mon cher cœur rit, parce que mon nom les avait trompés, ainsi que mon infaillible ruse.

Mais le Cyclope, gémissant et plein de douleurs, tâtant avec les mains, enleva le rocher de la porte, et, s'asseyant là, étendit les bras, afin de saisir ceux de nous qui voudraient sortir avec les brebis. Il pensait, certes, que j'étais insensé. Aussitôt, je songeai à ce qu'il y avait de mieux à faire pour sauver mes compagnons et moi-même de la mort. Je méditai ces ruses et ce plan, car c'était une question de vie ou de mort. Voici le plan qui me parut le meilleur dans mon esprit.

Les mâles des brebis étaient forts, beaux et grands, à l'épaisse toison dont la laine était de couleur violette. Je les attachai par trois avec l'osier tordu sur lequel dormait le Cyclope monstrueux et féroce. Celui du milieu portait un homme, et les deux autres, de chaque côté, cachaient mes compagnons. J'avisai un bélier, le plus grand de tous. J'embrassai son dos, suspendu sous son ventre, et je saisis fortement de mes mains sa laine très épaisse, d'une âme patiente. Et c'est ainsi qu'en gémissant nous attendîmes l'aurore divine.

Quand l'Aurore aux doigts de roses, fille du matin, apparut, alors le Cyclope poussa les mâles des troupeaux au pâturage. Et les femelles bêlaient dans les étables, car il n'avait pu les traire et leurs mamelles étaient lourdes de lait. Accablé de douleurs, il tâtait le dos de tous les béliers qui passaient devant lui. L'insensé ne s'apercevait pas que mes compagnons étaient liés sous le ventre des béliers à l'épaisse toison. Celui qui me portait sortit le dernier, alourdi de sa laine et de la foule de mes pensées. Le robuste Polyphème, le tâtant, lui dit :

– Aimable bélier, pourquoi sors-tu le dernier de tous de mon antre ? Auparavant, jamais tu ne restais derrière les autres, mais, le premier, tu allais paître les tendres fleurs des prés, et marchant avec fierté, le premier tu arrivais au cours des fleuves, et, le premier, le soir, tu rentrais à l'enclos. Maintenant, te voici le dernier. Est-ce l'œil de ton maître que tu regrettes ? un méchant homme, avec ses misérables compagnons, me l'a crevé après m'avoir dompté l'âme par le vin, ce Personne, qui n'échappera pas, je te le dis, à la mort ! Si tu pouvais comprendre et parler, pour me dire où il se dérobe à ma force ! Aussitôt sa cervelle écrasée coulerait partout dans la caverne, et mon cœur se consolerait des malheurs que m'a infligés ce misérable Personne !

Ayant ainsi parlé, il laissa sortir le bélier. À peine éloignés de l'antre et de l'enclos, je quittai le premier le bélier et je détachai mes compagnons. Nous poussâmes promptement hors de leur chemin les gras troupeaux, jusqu'à notre navire. Et nos chers compagnons nous revirent avec joie, nous qui avions échappé à la mort, mais aussi gémissaient et pleuraient ceux qui n'étaient plus. Mais, par un froncement de sourcils, je leur défendis de pleurer, et j'ordonnai de pousser promptement les troupeaux à la belle toison dans le navire, et de fendre l'eau salée. Aussitôt ils s'embarquèrent, et, s'asseyant en ordre sur les bancs de rameurs, ils frappèrent la mer écumeuse de leurs avirons. Mais quand nous fûmes éloignés de la distance où porte la voix, alors je dis au Cyclope ces paroles injurieuses :

– Cyclope, ce ne sont pas les compagnons d'un homme sans courage que tu as mangés avec force et violence au creux de ta caverne, et le châtiment devait te frapper, malheureux ! toi qui n'as pas craint de manger tes hôtes dans ta demeure. Ainsi Zeus et les autres Dieux t'ont châtié.

Je parlai ainsi, et il entra aussitôt dans une fureur plus violente et, arrachant la cime d'une grande montagne, il la lança. Elle tomba devant notre navire à la proue[1] bleu sombre, et l'extrémité de la poupe[2] manqua être brisée. La mer nous inonda sous la chute de ce rocher et le reflux ramena notre navire vers le rivage, jusqu'à toucher le bord.

(Vers 105-115, 170-192 et 252-540)

S'éloignant, Ulysse provoque le Cyclope : il lui révèle son nom. Polyphème prie alors son père, le dieu Poséidon, de le venger en empêchant le héros de rentrer chez lui.

Puis, Ulysse et ses compagnons atteignent une île flottante où vit Éole, dieu des vents (chant X). Le dieu les accueille pendant un mois. Au moment du départ, Éole offre à Ulysse un sac où il a enfermé tous les vents contraires. Avec ses compagnons, il reprend la mer et, au bout de dix jours, aperçoit enfin Ithaque. Mais, profitant du sommeil d'Ulysse, ses compagnons, croyant le sac rempli de richesses, l'ouvrent, libérant les vents qui les entraînent à nouveau chez Éole. Furieux, ce dernier refuse d'aider encore Ulysse. Après six jours de navigation, ils arrivent au pays des Lestrygons, des géants mangeurs d'hommes. Seul Ulysse et quelques autres échappent au massacre. Ils parviennent sur l'île d'Aiaié où vit Circé, la magicienne. Ulysse y envoie quelques compagnons en reconnaissance.

1. **Proue** : avant d'un navire.
2. **Poupe** : arrière d'un navire.

Chant X

Chez Circé

Ils trouvèrent dans une vallée, en un lieu découvert, la demeure de Circé, bâtie de pierres polies. Tout autour erraient des loups des montagnes et des lions. Circé les avait domptés avec des breuvages pernicieux[1] : ils ne se jetaient point sur les hommes, mais les approchaient en remuant leurs longues queues, comme des chiens caressant leur maître qui se lève du repas, car il leur donne toujours quelques bons morceaux. Ainsi les loups aux griffes robustes et les lions entouraient, caressants, mes compagnons qui tremblaient d'effroi devant ces bêtes féroces. Ils s'arrêtèrent sous le porche de la Déesse aux belles boucles. Et ils entendirent Circé chantant d'une belle voix dans sa demeure et tissant une grande toile divine, tels que sont les ouvrages légers, gracieux et brillants des Déesses. Alors Polytès[2], meneur des hommes, le plus cher de mes compagnons, et que j'honorais le plus, parla le premier :

– Compagnons, quelque femme, tissant une grande toile, chante d'une belle voix dans cette demeure, et tout le mur en résonne. Est-ce une Déesse ou une mortelle ? Vite, appelons.

Il les persuada ainsi, et ils appelèrent en criant. Circé sortit aussitôt, et, ouvrant les belles portes, elle les invita : tous la

1. **Pernicieux** : malfaisant.
2. **Polytès** : le préféré et le plus brave des compagnons d'Ulysse.

suivirent sans se méfier. Euryloque seul resta dehors, soupçonnant un piège. Circé, ayant fait entrer mes compagnons, les fit asseoir sur des sièges et des trônes. Elle mêla, avec du vin de Pramnios[1], du fromage, de la farine et du miel clair● ; mais elle ajouta un poison au breuvage afin de leur faire oublier la patrie. Elle leur offrit, ils le burent, et, aussitôt, les frappant d'une baguette, elle les enferma dans les étables à porcs : ils avaient la tête, la voix, le corps et les soies[2] du porc, mais leur esprit était le même qu'auparavant. Et ils pleuraient, ainsi prisonniers. Circé leur donna du gland de chêne et du fruit de cornouiller[3] à manger, nourriture ordinaire des porcs qui couchent sur la terre. [...]

Prévenu par Euryloque, inquiet de ne pas voir revenir ses compagnons, Ulysse débarque sur l'île et gagne la demeure de Circé.

Ayant ainsi parlé, je m'éloignai de la mer et du navire, et traversant les vallées sacrées, j'arrivai à la grande demeure de l'empoisonneuse Circé. Hermès à la baguette d'or vint à ma rencontre, comme j'approchais de la demeure, et il était semblable à un gracieux adolescent. Me prenant la main, il me dit :

– Malheureux où vas-tu seul, entre ces collines, ignorant ces lieux ? Tes compagnons sont enfermés dans la demeure de Circé, et transformés en porcs, ils sont retenus dans des étables bien closes. Viens-tu pour les délivrer ? Tu n'en reviendras pas toi-même, je te le dis, et tu resteras là où ils sont déjà. Mais je te délivrerai de ce péril et je te sauverai. Prends ce remède puissant,

1. **Pramnios** : se trouve en Icarie, une île de la mer Égée.
2. **Soie** : poil long et rude des porcins.
3. **Cornouiller** : arbuste qui produit des fruits rouges et aigres.

● **Ce mélange est le *kukeôn*, mélange qui redonne de la force aux guerriers.**

emporte-le et rends-toi chez Circé, car il éloignera de toi le jour fatal. Je vais te dire tous les maléfiques desseins de Circé. Elle te préparera un breuvage et elle y mettra du poison, mais elle ne pourra t'envoûter, car le puissant remède que je vais te donner l'empêchera. Je vais te dire le reste. Quand Circé t'aura frappé de sa longue baguette, jette-toi sur elle, comme si tu voulais la tuer. Alors, pleine de crainte, elle t'invitera à partager sa couche. Ne refuse pas le lit d'une Déesse, afin qu'elle délivre tes compagnons et te traite toi-même avec bienveillance. Mais ordonne-lui de jurer par le grand serment des Dieux bienheureux de ne te tendre aucune autre embûche.

Ayant ainsi parlé, le Meurtrier d'Argos me donna une herbe qu'il arracha de terre, et m'en expliqua la nature. Sa racine est noire et sa fleur blanche comme du lait. Les Dieux la nomment Molu. Il est difficile pour un mortel de l'arracher, mais les Dieux peuvent tout. Puis Hermès s'envola vers les sommets de l'Olympe, à travers l'île boisée, et je marchai vers la demeure de Circé, tandis que mon cœur roulait mille pensées.

M'arrêtant sous le porche de la Déesse aux belles boucles, je l'appelai. Elle entendit ma voix, et, sortant aussitôt, elle ouvrit les portes luisantes et m'invita. L'ayant suivie, le cœur triste, elle me fit entrer, puis asseoir sur un trône à clous d'argent, et bien travaillé. J'avais un escabeau sous les pieds. Aussitôt elle prépara dans une coupe d'or le breuvage que je devais boire, et, méditant le mal dans son esprit, elle y mêla le poison. Après me l'avoir donné, alors que je le buvais, elle me frappa de sa baguette et me dit :

– Va maintenant dans l'étable à porcs, coucher auprès de tes compagnons.

Elle parla ainsi, mais je tirai du fourreau mon épée pointue et me jetai sur elle comme si je voulais la tuer. Alors, poussant un grand cri, elle se prosterna, saisit mes genoux et me dit ces paroles ailées, en pleurant :

– Qui es-tu parmi les hommes ? Où est ta ville ? Qui sont tes parents ? Je suis stupéfaite qu'ayant bu ce poison tu ne sois pas transformé. Jamais aucun homme, pour l'avoir seulement goûté, n'y a résisté. Ton esprit est indomptable, ou tu es Ulysse, l'homme aux mille ruses qui devait arriver ici, à son retour de Troie, sur son rapide et sombre vaisseau, ainsi qu'Hermès à la baguette d'or me l'avait toujours prédit. Mais, remets ton épée dans son fourreau, et couchons-nous tous deux sur mon lit, nous unir l'un à l'autre, sans plus de méfiance. [...]

Ulysse refuse de passer la nuit avec Circé tant qu'elle n'aura pas rendu leur forme humaine à ses compagnons. La magicienne consent à les métamorphoser à nouveau.

Je parlai ainsi, et Circé sortit de sa demeure, tenant une baguette à la main, et elle ouvrit les portes de l'étable à porcs. Elle en chassa mes compagnons transformés en porcs âgés de neuf ans. Ils se tenaient devant nous, et, se penchant, elle frotta chacun d'eux d'un baume, et de leurs membres tombèrent aussitôt les poils qu'avait fait pousser le poison funeste que leur avait donné la vénérable Circé. Ils redevinrent alors des hommes plus jeunes qu'ils n'étaient auparavant, plus beaux et plus grands. Ils me reconnurent, et tous me serrèrent la main, en pleurant de joie, et la demeure retentissait de leurs sanglots. Et la Déesse elle-même fut prise de pitié. Puis, s'approchant de moi, elle me dit :

– Divin fils de Laërte, ingénieux Ulysse, gagne maintenant ton navire rapide et le rivage de la mer. Fais tirer, avant tout, ton navire sur le sable. Cachez ensuite vos richesses et vos armes dans une caverne, et revenez aussitôt, toi-même et tes chers compagnons.

(Vers 210-243, 275-335 et 388-405)

Ulysse et ses compagnons demeurent toute une année chez la magicienne, à festoyer et vivre heureux. Mais leur patrie leur manque et ils décident de repartir. Circé leur donne des conseils avisés. Ils devront tout d'abord se rendre au royaume des morts où, après avoir accompli le sacrifice rituel, l'ombre du devin Tirésias de Thèbes révélera son avenir à Ulysse. Au seuil des Enfers le devin annonce à Ulysse un retour difficile à cause de Poséidon et ce qui se passe dans son palais d'Ithaque. Puis, Ulysse voit de nombreux fantômes : sa mère Anticlée, des princesses et des reines célèbres comme Alcmène[1] *ou Léda*[2]*, d'anciens compagnons d'armes tels Agamemnon, Achille, Ajax*[3]*, puis d'autres parmi lesquels Tantale*[4] *et Sisyphe*[5]*, condamnés par les dieux.*

De retour chez Circé, Ulysse et ses compagnons, avant de reprendre la mer, écoutent ses derniers conseils pour affronter les terribles monstres, Charybde et Scylla.

1. **Alcmène** : princesse thébaine, mère d'Héraclès.
2. **Léda** : mère des jumeaux Castor et Pollux, de Clytemnestre, femme d'Agamemnon, et d'Hélène, femme de Ménélas.
3. **Ajax** : guerrier achéen, fils de Télamon. Il devint fou et se suicida parce qu'Ulysse avait obtenu les armes d'Achille.
4. **Tantale** : fils de Zeus et de la nymphe Plouto. Il subit aux Enfers un supplice éternel pour avoir offensé les dieux.
5. **Sisyphe** : fils d'Éole et d'Énarété, il passait pour le plus rusé des mortels. Il subit un châtiment éternel pour avoir offensé Zeus puis enchaîné la Mort elle-même.

Chant XII

Les Sirènes ; Charybde et Scylla

Tu rencontreras d'abord les Sirènes qui charment tous les hommes qui les approchent. Mais il est perdu l'imprudent qui écoute leur chant, et jamais les siens n'auront la joie de le revoir en sa demeure. Les Sirènes charment par leur chant harmonieux, assises dans une prairie, autour d'un grand amas d'ossements d'hommes et de peaux en putréfaction[1]. Navigue rapidement au-delà, et bouche les oreilles de tes compagnons avec de la cire molle, pour qu'aucun d'eux n'entende. Quant à toi, écoute-les, si tu veux ; mais que tes compagnons t'attachent avec des cordes debout contre le mât du rapide navire, par les pieds et les mains, avant de goûter au plaisir d'écouter la voix des Sirènes. Et si tu pries tes compagnons, si tu leur ordonnes de te détacher, qu'ils resserrent tes liens. Après que vous aurez navigué au-delà, je ne puis te dire, des deux routes que tu trouveras, laquelle choisir : tu en décideras. Je vais cependant te les décrire. Là, se dressent deux hautes roches contre lesquelles retentissent les grands flots d'Amphitrite aux yeux bleus. Les Dieux bienheureux les nomment les Errantes. Jamais les oiseaux ne volent au-delà, pas même les timides colombes qui portent l'ambroisie à Zeus le père. Souvent l'un de ces oiseaux tombe sur la roche, mais le Père en crée un

1. **Putréfaction** : processus naturel de décomposition des matières organiques.

autre, afin que le nombre en soit complet. Jamais aucun navire, ayant approché ces roches, n'en a échappé. Les flots de la mer et les tempêtes pleines d'éclairs emportent les bancs de rameurs et les corps des hommes. Un seul navire, sillonnant la mer, a navigué au-delà : c'est Argo[1], cher à tous les Dieux, qui revenait du royaume d'Aeétès[2]. Même ce navire allait être jeté contre les grandes roches, mais Héra le fit passer, car Jason lui était cher. L'autre route passe par deux écueils. Le sommet pointu de l'un atteint le haut du ciel : un perpétuel brouillard sombre l'environne, jamais le bleu du ciel ne baigne ce sommet, ni en été, ni en automne. Et jamais aucun mortel ne pourrait y monter ou en descendre, même s'il avait vingt bras et vingt pieds, tant la roche est haute et lisse comme une pierre polie. Au milieu de l'écueil, il y a une caverne noire dont l'entrée est tournée vers l'Érèbe[3] : bel Ulysse, c'est là qu'il faut approcher ton navire creux. Un robuste jeune homme ne pourrait, depuis le navire, lancer une flèche jusque dans cette caverne profonde. C'est là qu'habite Scylla qui rugit comme un jeune chien. C'est un monstre prodigieux, et nul ne se réjouit de sa rencontre, pas même un Dieu. Elle a douze pieds difformes, six longs cous sortent de son corps ; à chaque cou est attachée une tête horrible, et dans chaque gueule, noire comme la mort, il y a trois rangs de grosses dents serrées. Elle est plongée dans le creux de la caverne jusqu'aux reins, mais elle en sort ses têtes, et, regardant tout autour de l'écueil, elle attrape les dauphins, les chiens de mer ou d'autres monstres plus grands,

1. **Argo** : navire qui transporta Jason et de nombreux héros, les Argonautes, partis chercher la Toison d'or.
2. **Aeétès** : roi de Colchide, frère de Circé et père de Médée, magicienne qui aima Jason.
3. **Érèbe** : fils du Chaos et frère de la Nuit, ce dieu personnifie les ténèbres.

que nourrit par milliers la hurlante Amphitrite[1]. Jamais les marins ne pourront se vanter d'avoir passé auprès d'elle sains et saufs, car chaque tête enlève un homme hors du navire à proue bleu sombre. L'autre écueil que tu verras, Ulysse, est moins élevé et tout près : tu en atteindrais le sommet d'une flèche. Là pousse un grand figuier sauvage bien feuillu, sous lequel la divine Charybde engloutit l'onde noire. Elle la revomit trois fois par jour et trois fois l'engloutit, spectacle horrible. Et si tu arrivais quand elle l'engloutit, Celui qui ébranle la terre lui-même voudrait te sauver, qu'il ne le pourrait pas. Mène donc rapidement ton navire le long de Scylla, car il vaut mieux perdre six de tes compagnons, que de les perdre tous.

Elle parla ainsi, et je lui répondis :

– Dis-moi la vérité, Déesse. Si je peux échapper à la funeste Charybde, ne pourrai-je attaquer Scylla, quand elle saisira mes compagnons ?

La noble Déesse me répondit :

– Malheureux, tu songes donc encore à faire la guerre ? Et tu ne veux pas céder, même aux Dieux immortels ! Scylla n'est pas mortelle, et c'est un monstre cruel, terrible et sauvage, et qui ne peut être combattu. Aucun courage ne peut en triompher. Si tu ne te hâtes point, même les armes à la main près de la Roche, je crains que, se ruant encore sur vous, elle n'emporte à nouveau autant d'hommes qu'elle a de têtes. Vogue donc rapidement, et invoque Crataïs, mère de Scylla, qui a enfanté ce fléau des hommes, afin qu'elle l'apaise, et que celle-ci ne se précipite point de nouveau. Tu atteindras ensuite l'île du Trident. Là, paissent les

1. **La hurlante Amphitrite** : personnification pour désigner la mer déchaînée. Amphitrite est une nymphe marine, épouse de Poséidon.

bœufs et les gras troupeaux du Soleil. Il a sept troupeaux de bœufs et autant de brebis, cinquante par troupeau. Ils n'engendrent pas de petits, et ne meurent pas ; leurs bergers sont deux Nymphes divines, Phaéthousa et Lampétié, que la divine Néaira a conçues du Soleil, fils d'Hypérion. Leur mère vénérable les enfanta et les nourrit, puis les envoya vivre loin, dans l'île du Trident, où elles gardent pour leur père ses brebis et ses bœufs aux cornes recourbées. Songe à ton retour, ne touche pas à ces troupeaux : vous rentrerez tous à Ithaque, malgré de nombreux malheurs. Mais si tu les blesses, alors je te prédis la perte de ton navire et de tes compagnons. Seul, tu pourras échapper, mais tu rentreras tard et misérablement dans ta demeure, ayant perdu tous tes compagnons. [...]

Et, retournant vers mon navire, j'exhortai mes compagnons à y monter et à détacher les câbles. Ils montèrent aussitôt, s'assirent en ordre sur les bancs et frappèrent la mer écumeuse de leurs avirons. Circé aux belles boucles, terrible et vénérable Déesse, envoya derrière le navire à proue bleu sombre un vent favorable qui gonfla la voile ; et, ayant tout mis en ordre sur le navire, nous nous assîmes, et le vent et le pilote nous conduisirent. Alors, le cœur triste, je dis à mes compagnons :

– Amis, il ne suffit pas qu'un seul, même deux d'entre nous, sachent ce que m'a prédit la noble Déesse Circé ; mais il faut que nous le sachions tous, et je vous le dirai. Nous mourrons après, ou, évitant le danger, nous échapperons à la mort et au trépas. Avant tout, elle nous ordonne de fuir le chant des divines Sirènes et leur prairie fleurie : à moi seul elle permet de les écouter. Mais attachez-moi fortement avec des cordes, debout contre le mât, afin que j'y reste immobile, et, si je vous supplie et vous ordonne de me détacher, alors, au contraire, resserrez mes liens.

Je disais cela à mes compagnons, et, pendant ce temps, le navire bien construit approcha rapidement de l'île des Sirènes, tant le vent favorable nous poussait ; mais il s'apaisa aussitôt, fit silence, et une divinité assoupit les flots. Alors, mes compagnons, se levant, plièrent les voiles et les déposèrent dans le creux du navire. S'étant assis, ils firent écumer l'eau avec leurs avirons polis. Je coupai, de mon poignard en bronze, un gros morceau de cire, dont je pressai les morceaux dans mes mains robustes ; la cire s'amollit sous les rayons brûlants du Soleil, fils souverain d'Hypérion, et sous mes doigts puissants. Je bouchai les oreilles de tous mes compagnons. Puis ils m'attachèrent dans le navire avec des cordes, par les pieds et les mains, debout contre le mât. Puis, s'asseyant, ils frappèrent de leurs avirons la mer écumeuse.

Ulysse et les Sirènes, *lithographie en couleurs réalisée d'après un vase grec (XIXe siècle), École française (Paris, Bibliothèque des Arts décoratifs).*

Nous approchâmes à la portée de la voix, et le navire rapide, tout proche, fut vite aperçu par les Sirènes, qui commencèrent leur chant harmonieux :

– Viens, ô célèbre Ulysse, grande gloire des Achéens. Arrête ton navire et écoute nos voix. Aucun homme n'a dépassé notre île sur son navire sombre sans écouter les doux airs qui sortent de nos bouches. Puis, il s'éloigne plein de joie et riche de connaissance. Nous savons, en effet, tout ce que les Achéens et les Troyens ont subi devant la grande Troie par la volonté des Dieux, et nous savons aussi tout ce qui arrive sur la terre fertile.

Elles chantaient ainsi, faisant résonner leur belle voix, et mon cœur voulait les entendre ; et, en remuant les sourcils, je fis signe à mes compagnons de me détacher ; mais ils agitaient les avirons avec plus d'ardeur et, aussitôt, Périmède et Euryloque, se levant, resserrèrent mes liens.

Quand nous les eûmes dépassées et que nous n'entendîmes plus leur voix ni leur chant, mes fidèles compagnons retirèrent la cire de leurs oreilles et me détachèrent [...].

Nous pénétrâmes dans le détroit pleins d'angoisse. D'un côté était Scylla ; et, de l'autre, la divine Charybde engloutissait, avec un bruit terrible, l'eau salée de la mer. Quand elle la vomissait à nouveau, celle-ci bouillonnait comme dans un bassin sur un grand feu, et elle la lançait en l'air, et l'eau pleuvait sur les deux écueils. Et, quand elle engloutissait de nouveau l'eau salée de la mer, elle semblait bouleversée jusqu'au fond et rugissait affreusement autour de la Roche ; on voyait apparaître des sables bleus, tout au fond, et la terreur fit pâlir mes compagnons. Nous regardions Charybde, car c'était d'elle que nous attendions notre perte ; mais, pendant ce temps, Scylla enleva au creux du navire six de mes plus braves compagnons. Et, comme je jetais les yeux vers mon navire et mon équipage, je vis leurs pieds et leurs mains s'agiter dans l'air et ils m'appelaient dans leur désespoir.

De même qu'un pêcheur, du haut d'un rocher, avec une longue canne, envoie aux petits poissons un appât enfermé dans la corne d'un bœuf sauvage, et jette chaque poisson qu'il a pris, frétillant, sur le rocher ; de même Scylla emportait mes compagnons frétillants et les dévorait sur le seuil de son antre, tandis qu'ils poussaient des cris et qu'ils tendaient leurs mains vers moi. Et c'était la chose la plus atroce de toutes celles que j'aie vues au cours de mon voyage sur la mer.

(Vers 39-136 et 144-200 ; vers 234-259)

Ulysse et ses compagnons atteignent l'île du Soleil. Ulysse met ses compagnons en garde : ils ne doivent pas toucher aux troupeaux du dieu. Mais poussés par la faim, ils profitent du sommeil d'Ulysse pour capturer des vaches et en faire un festin. Le Soleil, voyant cela, demande à Zeus de le venger sinon, menace-t-il, il ne brillera plus sur terre. Zeus déclenche une terrible tempête et foudroie le navire : tous les compagnons d'Ulysse se noient. Seul le héros en réchappe.

C'est la fin du récit d'Ulysse. Le roi Alkinoos le fait raccompagner à Ithaque par ses marins, après lui avoir offert de somptueux cadeaux. De retour sur son île, Ulysse, sur les conseils d'Athéna, cache son trésor dans la grotte des Nymphes et se rend, métamorphosé en mendiant par la Déesse, chez le porcher Eumée, qui garde toujours les bêtes de son maître, Ulysse. C'est chez Eumée que Télémaque retrouve son père, après tant d'années.

Chant XVI

Les retrouvailles d'Ulysse et Télémaque

Athéna apparut, semblable à une femme belle, grande et habile aux beaux ouvrages. Elle se tenait sur le seuil de l'étable, visible seulement à Ulysse. Télémaque ne la vit pas, car les Dieux ne se manifestent pas à tous les hommes. Ulysse et les chiens la virent ; les chiens n'aboyèrent pas, mais s'enfuirent en grognant au fond de l'étable. Alors Athéna fit un signe des sourcils, et le divin Ulysse le comprit. Il sortit et, à l'entrée de la cour, s'arrêta devant Athéna. Elle lui dit :

– Divin fils de Laërte, ingénieux Ulysse, parle maintenant à ton fils, dis-lui toute la vérité, afin de préparer le massacre des prétendants et de te rendre en ville. Je ne serai pas longtemps loin de vous et j'ai hâte de combattre.

Athéna parla ainsi, et elle le frappa de sa baguette d'or. Il fut couvert des beaux vêtements qu'il portait auparavant, grandit et rajeunit ; sa peau brunit, ses joues devinrent plus pleines, et sa barbe redevint noire aux reflets bleus. Puis Athéna, ayant accompli cela, disparut.

Alors Ulysse rentra dans l'étable, et son cher fils fut rempli d'effroi devant lui : il détourna les yeux, craignant de voir un Dieu, et il lui dit ces paroles ailées :

– Étranger, tu m'apparais tout autre que tu étais auparavant : tu as d'autres vêtements et ton corps n'est plus le même. Si tu es un des Dieux qui habitent le vaste ciel, sois-nous propice. Nous t'offrirons de riches sacrifices et te ferons des présents d'or. Épargne-nous.

Et le divin Ulysse à l'âme endurante lui répondit :

– Je ne suis pas l'un des Dieux. Pourquoi me comparer à eux ? Je suis ton père, pour qui tu as tant pleuré et subi tant de douleurs, pour qui tu as enduré les outrages des hommes.

Ayant ainsi parlé, il embrassa son fils, et ses larmes coulèrent de ses joues et tombèrent sur le sol, car il les avait retenues jusque-là. Mais Télémaque, ne pouvant croire que ce fût son père, lui dit de nouveau :

– Tu n'es pas mon père Ulysse, mais un Dieu qui me trompe, afin que je pleure et gémisse davantage. Jamais un homme mortel ne pourrait, de lui-même, accomplir de telles choses, sans un Dieu qui l'assiste et le fasse, comme il le veut, paraître jeune ou vieux. Tout à l'heure tu n'étais qu'un vieillard vêtu misérablement et te voici maintenant semblable aux Dieux qui habitent le vaste ciel.

Le sage Ulysse lui répondit :

– Télémaque, tu ne dois pas, devant ton cher père, être si surpris et rester ainsi stupéfait. Jamais plus un autre Ulysse ne reviendra ici. C'est moi qui suis Ulysse, qui ai souffert des malheurs innombrables, et qui reviens, après vingt années, dans sa patrie. C'est la Déesse Athéna pourvoyeuse de butin● qui a fait ce prodige. Elle me fait apparaître tel qu'il lui plaît, car elle en a le pouvoir. Tantôt elle me rend semblable à un mendiant, tantôt

● **L'épithète grecque ainsi traduite signifie « celle qui apporte le butin » et insiste sur le caractère guerrier d'Athéna, qui aide Ulysse à préparer sa vengeance.**

à un homme jeune vêtu de beaux vêtements ; car il est facile aux Dieux qui habitent le vaste ciel de glorifier un homme mortel ou de le rendre misérable.

Ayant ainsi parlé, il s'assit. Alors Télémaque embrassa son noble père en versant des larmes. Et le désir de pleurer les saisit tous les deux.

(Vers 155-215)

Chant XIX

La ruse de Pénélope

Ulysse se trouve en son palais, métamorphosé en mendiant par Athéna. Son épouse Pénélope, qui ignore qui il est, souhaite parler à cet étranger.

– Eurynomé, approche un siège et recouvre-le d'une peau afin que cet étranger s'assoit, m'écoute et me réponde, car je veux l'interroger.

Elle parla ainsi : Eurynomé approcha à la hâte un siège poli, qu'elle recouvrit d'une peau. Le divin Ulysse à l'âme endurante s'y assit, et la sage Pénélope lui dit :

– Étranger, je t'interrogerai d'abord sur toi-même. Qui es-tu ? D'où viens-tu ? Où sont ta ville et tes parents ?

Le sage Ulysse lui répondit :

– Ô femme, aucune des mortelles qui sont sur la terre immense ne te vaut. Oui, ta gloire est parvenue jusqu'au vaste ciel, et égale celle d'un roi parfait qui, vénérant les Dieux, commande à de nombreux et braves guerriers et règne selon la justice. Grâce à lui, la terre noire produit l'orge et le blé, les arbres sont chargés de fruits, les troupeaux prospèrent, et la mer donne des poissons, et, grâce à son gouvernement juste et bon, les peuples vivent heureux. Ainsi, dans ta maison, demande-moi tout ce que tu veux, sauf ma race et ma patrie. N'emplis pas mon âme de nouvelles souffrances en me les rappelant, car je suis très affligé, et je ne veux pas pleurer et me lamenter dans une maison étrangère, car il est honteux de pleurer toujours. Peut-être qu'une de tes servantes m'outragerait, ou que tu t'irriterais toi-même, disant que je pleure ainsi par l'effet de l'ivresse.

La sage Pénélope lui répondit :

– Étranger, les Dieux m'ont ravi[1] ma vertu et ma beauté du jour où les Argiens sont partis pour Ilion, et avec eux, mon mari Ulysse. S'il revenait et gouvernait ma vie, ma gloire serait encore plus grande et plus belle. Mais, maintenant, je gémis, tant une divinité funeste m'a accablée de malheurs. Voici que ceux qui dominent dans les Îles, à Doulichion, Samé, et à Zante couverte de bois, et ceux qui habitent la rude Ithaque elle-même, tous me recherchent malgré moi et ruinent ma maison. Je ne m'occupe plus des étrangers, ni des suppliants, ni des hérauts qui servent le peuple ; je ne fais que regretter Ulysse et mon cœur se lamente. Les prétendants ont hâte de m'épouser, et je médite des ruses. D'abord, un Dieu m'inspira de tisser dans ma maison une grande toile, large et fine, et je leur dis alors :

– Jeunes prétendants, puisque le divin Ulysse est mort, cessez de hâter mes noces. Attendez que j'aie achevé – de manière que mon fil ne soit pas perdu – ce linceul du héros Laërte, pour le moment où la Moire●, funeste, l'aura emporté dans la mort douloureuse. Qu'aucune des Achéennes ne puisse me reprocher devant tout le peuple qu'un homme qui a possédé tant de biens

1. **Ravir** : prendre de force.

● **Les Moires sont trois déesses représentées sous les traits de vieilles femmes qui filaient le destin des hommes. L'une tenait le rouet, la deuxième tirait le fil et la troisième – évoquée ici – coupait le fil.**

ait été enseveli sans linceul. Je parlai ainsi, et persuadai leur cœur arrogant. Alors, pendant le jour, je tissais la grande toile, et pendant la nuit, à la lumière des torches, je la défaisais. Ainsi, pendant trois ans, je cachai ma ruse et trompai les Achéens. Mais quand vint la quatrième année, au retour du printemps et des longues journées, alors avertis par mes servantes, ces chiennes, ils me surprirent et me menacèrent, et je fus contrainte d'achever ma toile, contre mon gré. Maintenant, je ne peux plus éviter mes noces, ne trouvant plus aucune ruse. Mes parents m'exhortent à me marier, et mon fils supporte mal que ces gens dévorent ses biens, auxquels il tient. Car c'est aujourd'hui un homme, qui peut prendre soin de sa maison et Zeus le prépare à la gloire. Mais toi, Etranger, dis-moi ta race et ta patrie, car tu ne sors pas du chêne ou du rocher des anciennes légendes●.

Le sage Ulysse lui répondit :

– Ô épouse vénérable du fils de Laërte, Ulysse, pourquoi ne cesses-tu pas de m'interroger sur mes parents ? Je te répondrai donc, bien que tu redoubles ainsi mes malheurs innombrables. C'est là le destin de l'homme qui, comme moi, depuis longtemps absent de la patrie, a erré parmi les villes des hommes, accablé de malheurs. Je te dirai pourtant ce que tu me demandes. La Crète● est

● **L'expression fait allusion à une croyance selon laquelle les hommes seraient nés d'un élément végétal ou minéral.**

● **La Crète est une île située au sud-est de la Grèce et au sud-ouest de l'Asie mineure, qui abrita aux IIIe et IIe millénaires avant J.-C. une civilisation brillante et prospère, réputée pour ses palais – surtout celui de Cnossos – et sa flotte, qui domina la mer Égée. Cette civilisation est appelée minoenne, d'après le nom de Minos, premier roi légendaire de Crète, qui avait enfermé le monstrueux Minotaure dans un labyrinthe. Homère parle de la « Crète aux cent cités ». À son époque, c'était un pays dorien réputé pour ses frondeurs et ses archers.**

une terre belle et fertile qui s'élève au milieu de la mer couleur de vin[1], où d'innombrables hommes habitent quatre-vingt-dix villes. On y parle des langues différentes : on y trouve des Achéens, de vaillants Etéocrétois, des Kydoniens, trois tribus de Doriens et les divins Pélasges. Sur eux tous domine la grande ville de Cnossos, où régna Minos qui s'entretenait tous les neuf ans avec le grand Zeus, et qui fut le père du magnanime Deucalion, mon père. Deucalion nous engendra, le roi Idoménée et moi. Idoménée alla, sur ses navires à proue recourbée, à Ilion, avec les fils d'Atrée. Mon nom est Aithon, et j'étais le plus jeune. Idoménée était l'aîné et le plus brave. Je vis alors Ulysse et je lui offris les dons hospitaliers. En effet, comme il allait à Ilion, la violence du vent l'avait poussé en Crète, loin du cap Malée, dans le port d'Amnisos où se trouve la caverne d'Ilithyie[2] ; dans ce port difficile, à peine évita-t-il la tempête. Arrivé à la ville, il demanda Idoménée, qu'il appelait son hôte cher et vénérable. Mais l'Aurore avait reparu pour la dixième ou onzième fois depuis que, sur ses navires à proue recourbée, Idoménée était parti pour Ilion. Alors, je conduisis Ulysse dans ma maison, et le reçus avec amitié. Je le comblai de bienfaits à l'aide des richesses que je possédais et je lui donnai, ainsi qu'à ses compagnons, de la farine, du vin rouge, et des bœufs à tuer, jusqu'à ce qu'ils soient rassasiés. Les divins Achéens restèrent là douze jours, car le grand et tempétueux Borée soufflait et les arrêtait, excité par quelque divinité. Mais le vent tomba le treizième jour, et ils partirent.

Il parlait ainsi, disant ces nombreux mensonges semblables à la vérité. Pénélope, en l'écoutant, pleurait, et ses larmes ruisselaient

1. **La mer couleur de vin** : c'est-à-dire rouge très sombre.
2. **Ilithyie** : déesse qui protège les femmes sur le point d'accoucher.

sur son visage, comme la neige ruisselle sur les hautes montagnes, après que Zéphyr l'a amoncelée et que l'Euros[1] la fond en torrents qui emplissent les fleuves. Ainsi les belles joues de Pénélope ruisselaient de larmes ; elle pleurait sur son mari, pourtant tout près d'elle. Et Ulysse était plein de compassion en voyant pleurer sa femme ; mais ses yeux, comme la corne et le fer, restaient immobiles sous ses paupières, et, pour sa ruse, il contenait ses larmes.

(Vers 97-212)

Ulysse reconnu par sa nourrice Euryclée

– Cher hôte, de tous les amis étrangers qui sont venus dans cette demeure, aucun n'est plus sage que toi car tout ce que tu dis est plein de sagesse. J'ai ici une femme âgée, à l'esprit avisé qui nourrit et éleva autrefois le malheureux Ulysse : elle le reçut dans ses bras quand sa mère l'eut enfanté. Elle lavera tes pieds, malgré sa faiblesse. Viens, lève-toi, sage Euryclée ; lave les pieds de cet étranger qui a l'âge de ton maître. Peut-être que les pieds et les mains d'Ulysse ressemblent aux siens, car le malheur fait vieillir vite les hommes.

Elle parla ainsi, et la vieille femme cacha son visage dans ses mains, pleurant à chaudes larmes, et dit ces paroles plaintives :

1. **Euros** : vent d'est.

– Hélas ! je n'ai été d'aucune aide pour toi, mon enfant ! ● C'est sûr, Zeus te hait entre tous les hommes, malgré ta piété[1]. Aucun homme n'a brûlé plus de cuisses grasses à Zeus qui brandit le foudre, ni d'aussi belles hécatombes. Tu le suppliais de te laisser vivre vieux auprès de ton noble fils, mais il t'a refusé la journée du retour ! Peut-être aussi que d'autres femmes lui font offense, quand il entre dans les fameuses demeures où l'on reçoit les étrangers, comme ces chiennes-ci t'offensent, toi. Tu fuis leurs injures et leurs paroles outrageantes, et tu refuses qu'elles te lavent. La fille d'Icare, la sage Pénélope, m'ordonne de le faire, et j'y consens. C'est pourquoi je laverai tes pieds, pour l'amour de Pénélope et de toi, car mon cœur est plein de sollicitude[2]. Mais écoute ce que je vais dire : de tous les malheureux étrangers qui sont venus ici, aucun ne ressemble plus que toi à Ulysse. Tu as son corps, sa voix et ses pieds.

Le sage Ulysse, lui répondant, parla ainsi :

– Vieille femme, en effet, tous ceux qui nous ont vus tous deux de leurs yeux disent que nous nous ressemblons beaucoup. Tu as parlé en connaissance de cause.

Il parla ainsi, et la vieille femme prit un bassin brillant pour y laver ses pieds, y versa beaucoup d'eau froide, puis de l'eau chaude. Ulysse s'assit devant le foyer, en se tournant vivement du côté de l'ombre, car il avait craint qu'en la touchant elle reconnût sa cicatrice et que tout fût découvert. Euryclée, s'approchant

1. **Piété** : attachement profond et dévoué envers les dieux.
2. **Sollicitude** : sentiment qui porte à prendre soin d'autrui avec affection.

● **Euryclée, dans ses exclamations, s'adresse à Ulysse absent car elle ne l'a pas encore reconnu. Elle dit qu'elle ne l'a pas aidé car, selon elle, le fait de l'avoir nourri ne lui a pas épargné un destin funeste. Euryclée le croit mort.**

de son roi, lava ses pieds, et aussitôt reconnut la cicatrice de la blessure qu'un sanglier aux blanches dents lui avait faite autrefois sur le Parnasse[1], quand il était allé chez Autolycos[2] et ses fils. [...]

Elle laissa retomber le pied dans le bassin d'airain qui résonna et se renversa, répandant toute l'eau à terre. La joie et la douleur envahirent à la fois l'âme d'Euryclée, ses yeux s'emplirent de larmes, et sa voix fut entrecoupée de sanglots. Saisissant le menton d'Ulysse, elle lui dit :

– Oui, tu es Ulysse, mon cher enfant ! Je ne t'ai pas reconnu, pas avant de t'avoir touché, mon maître.

Elle parla ainsi, et fit signe des yeux à Pénélope pour lui faire comprendre que son cher mari était dans la maison. Mais, du lieu où elle était, Pénélope ne put la voir ni la comprendre, car Athéna avait détourné son esprit. Alors, Ulysse, serrant de la main droite la gorge d'Euryclée, et l'attirant vers lui de l'autre main, lui dit :

– Nourrice, pourquoi veux-tu me perdre, toi qui m'as nourri de ton propre sein ? Maintenant, voici qu'après tant de malheurs, je suis, au bout de vingt ans, de retour dans ma patrie. Mais, puisque tu m'as reconnu, et qu'un Dieu te l'a inspiré, tais-toi, et ne le révèle à personne, car, sinon, je te le dis, et ma parole s'accomplira : si un Dieu tue par mes mains les prétendants insolents, je ne t'épargnerai même pas, bien que tu sois ma nourrice, lorsque je tuerai les autres servantes dans mes demeures.

L'avisée Euryclée lui répondit :

– Mon enfant, quelle parole s'échappe d'entre tes dents ? Tu sais que mon âme est fidèle et ferme. Je serai muette comme la pierre ou le fer. Mais je te dirai autre chose et garde mes paroles

1. **Parnasse** : montagne de Phocide, connue aussi pour être le séjour des Muses, déesses des arts.
2. **Autolycos** : grand-père maternel d'Ulysse.

en mémoire : si un Dieu dompte par tes mains les prétendants insolents, je t'indiquerai dans la demeure les femmes qui te méprisent et celles qui sont innocentes.

Le sage Ulysse lui répondit :

– Nourrice, pourquoi me les indiquerais-tu ? Il n'en est pas besoin. J'en jugerai moi-même et les reconnaîtrai. Garde le silence et laisse faire les Dieux.

(Vers 351-394 et 467-502)

Ulysse reconnu par Euryclée, *vase grec à figures rouges (440 avant J.-C.) (Chiusi, Italie, Musée archéologique national).*

Chant XXI

L'épreuve de l'arc

– Écoutez-moi, prétendants arrogants qui, pour manger et boire sans cesse, avez envahi la maison d'un homme absent depuis longtemps, et qui dévorez ses richesses, sous prétexte de m'épouser. Voici, Prétendants, l'épreuve qui vous est proposée. Je vous apporte le grand arc du divin Ulysse. Celui qui, de ses mains, tendra le plus facilement cet arc et lancera une flèche à travers les douze haches●, je le suivrai, et il me conduira loin de cette demeure de ma jeunesse, si belle et opulente, et dont je me souviendrai, c'est certain, même dans mes rêves.

Elle parla ainsi et ordonna au porcher Eumée d'apporter aux prétendants l'arc et les fers brillants. Eumée les prit en pleurant et les porta ; le bouvier[1] pleura aussi en voyant l'arc du roi. Antinoos[2] les réprimanda et leur dit :

– Stupides campagnards, qui ne pensez qu'au jour le jour, pourquoi pleurer, misérables, et troubler ainsi le cœur de cette

1. **Le bouvier** : Philoetios, qui garde les troupeaux d'Ulysse, a rencontré son maître, sans le reconnaître chez le porcher Eumée (chant XX).
2. **Antinoos** : l'un des prétendants de Pénélope. Violent, il a proposé d'assassiner Télémaque (chant XVI) et a frappé Ulysse changé en mendiant (chant XVII).

● **L'épreuve de l'arc consiste à tendre la corde de l'arc puis à tirer une flèche à travers douze fers de haches : ceux-ci sont alignés et leurs trous, où passe normalement le manche de la hache, alignés eux aussi, n'en forme qu'un. La flèche doit passer au travers sans toucher ni renverser un seul fer de hache.**

femme, déjà en proie à la douleur, depuis qu'elle a perdu son cher mari ? Mangez en silence, ou allez pleurer dehors et laissez ici cet arc. Ce sera pour les prétendants une épreuve difficile, car je ne pense pas qu'on tende aisément cet arc poli. Il n'y a point ici un seul homme tel qu'Ulysse. Je l'ai vu moi-même, je m'en souviens, alors que j'étais enfant.

Il parla ainsi, mais il espérait, dans son cœur, tendre l'arc et lancer une flèche à travers les fers. Cependant, il devait, en fait, le premier goûter des flèches parties des mains de l'irréprochable Ulysse qu'il avait outragé dans sa demeure et contre qui il avait excité tous ses compagnons. Alors, la Force sacrée de Télémaque[1] parla ainsi :

– Ô Dieux ! C'est le fils de Cronos, Zeus, qui me rend insensé. Voici que ma chère mère, malgré sa sagesse, dit qu'elle va suivre un autre homme et quitter cette demeure ! Et moi je ris et me réjouis dans mon esprit insensé ! Tentez donc, Prétendants, l'épreuve proposée ! Il n'y a pas pareille femme en terre achéenne, ni dans la sainte Pylos, ni dans Argos, ni dans Mycènes, ni dans Ithaque, ni dans la noire Épire. Mais vous le savez bien ! Pourquoi louer ma mère ? Allons, ne retardez pas l'épreuve. Hâtez-vous de tendre cet arc, afin que nous voyions qui vous êtes. Moi-même je tenterai l'épreuve. Si je le tends, si je lance une flèche à travers les fers, ma vénérable mère, à moi qui suis affligé, ne quittera pas cette demeure avec un autre homme et ne m'abandonnera pas, moi qui aurai accompli les nobles jeux de mon père !

Il parla ainsi, et, se levant, il retira son manteau de pourpre et ôta l'épée pointue pendue à son épaule, puis, ayant creusé un

1. **La Force sacrée de Télémaque** : désignation homérique qui souligne le changement de Télémaque. Celui-ci devient un jeune homme audacieux et courageux.

long fossé, il dressa les haches, alignant leurs trous, et il pressa la terre tout autour. Tous les Achéens furent stupéfaits de son adresse, car il ne l'avait jamais vu faire. Puis, se tenant debout sur le seuil, il essaya l'arc. Trois fois il faillit le tendre, espérant tirer le nerf et lancer une flèche à travers les fers, et trois fois la force lui manqua. Et comme il le tentait une quatrième fois, Ulysse lui fit signe et le retint malgré son désir. Alors la Force sacrée de Télémaque parla ainsi :

– Ô Dieux ! Serai-je toujours sans force ? ou suis-je trop jeune encore pour avoir la force de repousser un guerrier qui m'attaquerait. Allons ! vous qui m'êtes supérieurs par la force, essayez cet arc et terminons cette épreuve. [...]

Tous les prétendants ont essayé de tendre la corde de l'arc d'Ulysse, sans succès...

Alors le divin porcher prit l'arc recourbé et l'emporta. Les prétendants firent alors un grand tumulte dans la salle, et l'un de ces jeunes insolents dit :

– Où portes-tu cet arc, misérable porcher ? Vieux fou ! Bientôt les chiens rapides que tu nourris te mangeront au milieu de tes porcs, loin des hommes, si Apollon et les autres Dieux immortels entendent nos prières.

Ils parlèrent ainsi, et Eumée déposa l'arc là où il était, plein de crainte devant les menaces de cette foule. Mais Télémaque lui cria ces menaces :

– Bon père● ! emporte promptement l'arc, et n'obéis pas à tous ceux-là, de peur que je te chasse à coups de pierres vers

● **Télémaque s'adresse à Eumée en l'appelant « bon père » pour lui signifier que, malgré l'affection et le respect dû à son âge, il n'hésitera pas à le frapper s'il ne lui obéit pas.**

tes champs, car, bien que plus jeune que toi, je suis le plus fort. Si seulement j'étais aussi supérieur par la force de mes bras aux prétendants qui sont ici ! je les chasserais aussitôt de façon terrible de ma demeure où ils commettent leurs vilenies[1].

Il parla ainsi, et tous les prétendants se mirent à rire de lui et leur colère s'apaisa. Et le porcher, traversant la salle, emporta l'arc et le remit aux mains du sage Ulysse. Aussitôt celui-ci appela la nourrice Euryclée :

– Télémaque t'ordonne, très sage Euryclée, de fermer les portes solides de la maison. Si quelqu'un des nôtres entend, de la cour, des cris ou du tumulte, qu'il y reste et s'occupe tranquillement de son travail.

Il parla ainsi, et Euryclée, sans laisser un mot s'échapper de sa bouche, ferma les portes de la belle demeure. Philoetios, sautant dehors, ferma aussi les portes de la cour. Il y avait, sous le portique, un câble d'écorce qui provenait d'un navire à bancs de rameurs avec lequel il lia les portes. Puis, rentrant dans la salle, il reprit sa place et regarda Ulysse. Mais celui-ci, tournant l'arc de tous côtés, examinait çà et là si les vers n'avaient point rongé la corne● en l'absence du maître. L'un des prétendants disait à son voisin, en le regardant :

– Sans doute, celui-ci est un admirateur ou un voleur d'arcs. Peut-être en a-t-il de semblables dans sa demeure, ou peut-être veut-il en faire ? Regarde ce vagabond malintentionné le tourner et le retourner entre ses mains !

Et l'un de ces jeunes insolents dit aussi : « Que cet arc lui porte malheur, aussi sûrement qu'il ne pourra le tendre ! »

1. **Vilenie** : action mauvaise. Télémaque fait semblant de menacer Eumée afin de détourner l'attention des prétendants et de ne pas susciter leur méfiance alors qu'Ulysse s'apprête à prendre l'arc.

● **L'arc d'Ulysse est fait de lames de corne de mouflon.**

Ainsi parlaient les prétendants. Mais le très sage Ulysse, ayant examiné le grand arc, le tendit aussi facilement qu'un homme, habile à jouer de la cithare et à chanter, tend, à l'aide d'une cheville, une nouvelle corde faite de l'intestin tordu d'une brebis. Ainsi Ulysse, tenant le grand arc, tendit facilement de la main droite le nerf, qui résonna comme le cri de l'hirondelle. Une amère douleur saisit les prétendants : ils pâlirent, et Zeus, manifestant un signe, tonna fortement, et le divin Ulysse à l'âme endurante se réjouit de ce signe envoyé par le fils de Cronos à l'esprit retors[1]. Il saisit une flèche rapide qui était posée sur la table, tandis que toutes les autres étaient restées dans le carquois creux jusqu'à ce que les Achéens les eussent essayées. Puis, saisissant la poignée de l'arc, il tira le nerf sans quitter son siège ; et visant le but, il lança la flèche, lourde d'airain, qui ne s'écarta pas et traversa tous les trous des haches. Alors, il dit à Télémaque :

– Télémaque, l'étranger assis dans ta demeure ne te fait pas honte. Je ne me suis pas écarté du but, et ni fatigué longtemps à tendre cet arc. Ma vigueur est encore entière, et les prétendants ne me mépriseront plus. Mais voici l'heure pour les Achéens de préparer le repas pendant qu'il fait encore jour ; puis ils se réjouiront des sons de la cithare et du chant, agréments des repas.

Il parla ainsi et fit un signe des sourcils, et Télémaque, le cher fils du divin Ulysse, ceignit une épée pointue, saisit une lance, et, armé de l'airain brillant, se plaça auprès du siège d'Ulysse.

(Vers 68-139 et 359-434)

1. **À l'esprit retors** : à l'esprit rusé, plein de malice.

Chant XXII

Le massacre des prétendants

Alors, le très sage Ulysse, se dépouillant de ses haillons, et tenant dans ses mains l'arc et le carquois plein de flèches, sauta du large seuil, répandit les flèches rapides à ses pieds et dit aux prétendants :

– Voici que cette épreuve tout entière est accomplie. Maintenant, je viserai un autre but qu'aucun homme n'a jamais visé. Qu'Apollon● me donne la gloire de l'atteindre !

Il parla ainsi et dirigea la flèche amère contre Antinoos. Celui-ci allait soulever à deux mains une belle coupe d'or à deux anses afin de boire du vin, sans penser à la mort. En effet, quel homme, seul au milieu de convives nombreux, aurait osé, quelle que fût sa force, lui envoyer la mort et le noir trépas ? Mais Ulysse le frappa de sa flèche à la gorge, et la pointe traversa le cou délicat. Il tomba à la renverse : la coupe s'échappa de sa main sans vie, un jet de sang sortit de sa narine, il repoussa des pieds la table, les mets roulèrent épars sur le sol, et le pain et la viande rôtie furent souillés. Les prétendants frémirent dans la demeure quand ils virent l'homme tomber. Se levant en tumulte de leurs sièges, ils regardaient de tous côtés sur les murs sculptés, cherchant à saisir des boucliers et des lances, et ils crièrent à Ulysse ces paroles furieuses :

● **Apollon est invoqué ici par Ulysse car c'est un dieu archer.**

– Étranger, tu te montres criminel en envoyant tes flèches contre les hommes ! Tu ne tenteras pas d'autres épreuves, car voici que ta destinée terrible va s'accomplir. Tu viens de tuer le plus illustre des jeunes hommes d'Ithaque, et les vautours te mangeront ici !

Ils parlaient ainsi, croyant qu'il avait tué par accident, et les insensés ne devinaient pas que la Mort était sur leurs têtes. Les regardant d'un œil sombre, le très sage Ulysse leur dit :

– Chiens ! vous ne pensiez pas que je reviendrais jamais du pays des Troyens dans ma demeure. Et vous dévoriez mes biens, vous couchiez de force avec mes servantes, et, moi vivant, vous recherchiez ma femme, ne redoutant ni les Dieux qui habitent le vaste ciel, ni le blâme des générations futures ! Maintenant, la Mort va tous vous saisir !

Il parla ainsi, et la terreur les prit : chacun regardait de tous côtés, cherchant par où il fuirait la noire destinée. Et, seul, Eurymaque, lui répondant, dit :

– S'il est vrai que tu sois Ulysse d'Ithaque revenu ici, tu as bien parlé en disant que les Achéens ont osé commettre foule d'actions injustes dans ta demeure et dans tes champs. Mais le voici gisant celui qui a été la cause de tout, Antinoos, non parce qu'il désirait se marier, mais il avait d'autres projets que le fils de Cronos ne lui a pas permis d'accomplir. Il voulait régner sur le peuple d'Ithaque bien bâtie et tendait des embûches à ton fils pour le tuer. Maintenant qu'il a été tué justement, aie pitié de ton peuple. Bientôt nous t'apaiserons, trouvant dans nos domaines de quoi te payer tout ce que nous avons bu et mangé dans ta demeure. Chacun de nous t'amènera vingt bœufs, de l'airain et de l'or, jusqu'à ce que ton désir soit satisfait. Mais, en attendant, ta colère est juste.

Le regardant d'un œil sombre, le sage Ulysse lui dit :

– Eurymaque, même si vous m'apportiez tous les biens de vos pères et tout ce que vous possédez maintenant, mes mains ne s'abstiendraient pas du carnage avant d'avoir châtié l'insolence de tous les prétendants. Choisissez : combattez ou fuyez, si vous le pouvez, le trépas et la mort. Mais je ne pense pas qu'aucun de vous échappe à la noire destinée.

Il parla ainsi, et leurs genoux se dérobèrent. Eurymaque, parlant une seconde fois, leur dit :

– Amis, cet homme ne retiendra pas ses mains implacables, ayant saisi l'arc poli et le carquois, et tirant ses flèches du seuil de la salle, jusqu'à ce qu'il nous ait tous tués. Souvenons-nous donc de combattre : tirez vos épées, opposez les tables aux flèches rapides, jetons-nous tous sur lui, et nous le chasserons du seuil et des portes puis nous irons par la ville, pour trouver du renfort, et bientôt cet homme aura tiré sa dernière flèche.

Ayant ainsi parlé, il tira son épée pointue à deux tranchants, et se rua sur Ulysse en poussant un cri terrible ; mais le divin Ulysse le devançant, lança une flèche qui lui perça le torse, et le trait rapide s'enfonça dans le foie. L'épée tomba de sa main contre terre, et il tournoya près d'une table, dispersant les mets et les coupes pleines. Lui-même se renversa en se tordant et en gémissant, frappa du front la terre, repoussant un trône de ses deux pieds, et l'obscurité se répandit sur ses yeux.

Alors Amphinomos se rua sur l'illustre Ulysse, après avoir tiré son épée pointue, afin de l'écarter des portes ; mais Télémaque le devança en le frappant dans le dos, entre les épaules, et la lance d'airain traversa la poitrine. Le prétendant tomba avec fracas et frappa la terre du front. Télémaque revint à la hâte, ayant laissé sa longue lance dans le corps d'Amphinomos, car il craignait

qu'un des Achéens ne l'atteigne, tandis qu'il l'approcherait, et le frappe de l'épée lorsqu'il pencherait la tête●. En courant, il revint promptement auprès de son cher père, et il lui dit ces paroles ailées :

– Père, je vais t'apporter un bouclier, deux lances et un casque d'airain bien ajusté aux tempes. Moi-même je m'armerai, ainsi que le porcher et le bouvier, car il vaut mieux nous armer.

Le sage Ulysse lui répondit :

– Apporte-les en courant ; tant que j'aurai des flèches pour combattre, ils ne m'éloigneront pas des portes, même seul.

(Vers 1-107)

● **Télémaque craint d'être attaqué s'il prenait le temps de se pencher sur le corps d'Amphinomos pour retirer sa lance du cadavre.**

Chant XXIII

Les retrouvailles d'Ulysse et Pénélope

Ulysse a massacré tous ses ennemis, accomplissant sa vengeance. Il est temps maintenant, pour lui, de se faire reconnaître de son épouse, la fidèle Pénélope.

Ulysse s'assit de nouveau sur le trône qu'il avait quitté, et, se tournant vers sa femme, il lui dit :

– Malheureuse ! Parmi toutes les autres femmes, les Dieux qui vivent sur l'Olympe t'ont donné un cœur dur. Aucune autre femme ne resterait aussi longtemps loin d'un mari qui, après avoir tant souffert, revient dans sa patrie au bout de vingt ans. Allons, nourrice, étends mon lit, afin que je dorme, car, sans aucun doute, cette femme a un cœur de fer dans sa poitrine !

La très sage Pénélope lui répondit :

– Malheureux ! je n'ai ni mépris ni indifférence envers toi mais je ne te reconnais pas encore, me souvenant trop de ce que tu étais quand tu partis d'Ithaque sur ton navire aux longs avirons. Va, Euryclée, étends, hors de la chambre nuptiale, le lit solide qu'Ulysse a construit lui-même, et jette sur le lit dressé des tapis, des peaux et des couvertures splendides.

Elle parla ainsi, pour mettre son mari à l'épreuve ; mais Ulysse, indigné, dit à sa fidèle épouse :

– Femme ! quelle douloureuse parole as-tu dite ? Qui donc a transporté mon lit ? Aucun homme vivant, même plein de jeunesse, n'a pu, sans l'aide d'un Dieu, le transporter, ni même le déplacer facilement. La fabrication de ce lit est un secret, car je l'ai fait moi-même, sans l'aide d'un autre. Il y avait, dans l'enceinte de la cour, un olivier au large feuillage, verdoyant et au tronc plus épais qu'une colonne. Tout autour, je bâtis les murs de notre chambre nuptiale avec de lourdes pierres ; je mis un toit au-dessus, et je la fermai de portes solides et compactes. Puis je coupai les rameaux feuillus et pendants de l'olivier, et je tranchai au-dessus des racines le tronc de l'arbre. Je le polis soigneusement et le dressai au cordeau. Et l'ayant troué avec une tarière, j'en fis la base du lit que je construisis au-dessus et que j'ornai d'or, d'argent et d'ivoire, puis je tendis au fond le cuir pourpre et splendide d'un bœuf. Voilà la preuve que je te donne. Mais je veux savoir, femme, si mon lit est toujours à sa place, ou si quelqu'un l'a transporté, après avoir tranché le tronc de l'olivier au-dessus des racines.

Il parla ainsi, et le cœur et les genoux de Pénélope défaillirent tandis qu'elle reconnaissait les signes certains que lui révélait Ulysse. Elle pleura, jeta ses bras autour du cou d'Ulysse, déposa un baiser sur son front et lui dit :

– Ne sois pas fâché contre moi, Ulysse, toi qui t'es toujours montré le plus prudent des hommes ! Les Dieux nous ont accablés de malheurs ; ils nous ont ravi la joie de profiter ensemble de notre jeunesse et de parvenir ensemble au seuil de la vieillesse. Mais ne sois pas fâché contre moi et ne me reproche pas de ne pas t'avoir embrassé dès que je t'ai vu. Mon cœur, dans ma poitrine, craignait qu'un homme ne vienne me tromper par ses paroles : tant d'hommes intéressés méditent des ruses mauvaises.

[...] Maintenant tu m'as donné une preuve irréfutable en décrivant notre lit, qu'aucun homme n'a jamais vu. Nous seuls l'avons vu, toi, moi et ma servante Actoris que me donna mon père quand je vins ici et qui gardait l'entrée de notre chambre nuptiale. Enfin, tu as persuadé mon cœur, malgré sa cruelle méfiance.

Elle parla ainsi, et le désir de pleurer saisit Ulysse ; il pleurait en serrant dans ses bras sa chère femme si sage.

De même que la terre qui apparaît fait le bonheur des naufragés dont Poséidon a anéanti en mer le navire bien construit, tandis qu'il était battu par le vent et l'onde noire. Peu ont échappé aux vagues de la mer et, le corps couvert d'écume, ils montent joyeux sur la côte, ayant évité la mort ; de même la vue de son mari était douce à Pénélope qui ne pouvait détacher ses bras blancs du cou d'Ulysse.

(Vers 164-217 et 225-240)

Le retour d'Ulysse, *bas-relief en terre cuite, île de Mélos (Ve siècle avant J.-C.) (New York, The Metropolitan Museum of Art, Fletcher Fund, 1930).*

Ulysse et ses compagnons aveuglant Polyphème, *coupe cyrénéenne à figures noires (vers 560 avant J.-C.) (Paris, BnF, Cabinet des médailles).*

LE DOSSIER

L'Odyssée

Le récit des exploits d'un héros

REPÈRES

PARCOURS DE L'ŒUVRE

TEXTES ET IMAGE

Qu'est-ce qu'une épopée ?

Le genre très ancien de l'épopée, dont l'*Iliade *et l'*Odyssée *d'Homère sont deux modèles, est l'une des sources de la littérature.

• DÉFINITION DE L'ÉPOPÉE

Le mot « épopée » vient du grec *epopoïïa*, de *epos*, « chant ou paroles d'un chant », et *poïein*, « faire, créer ». Une épopée est un long récit, souvent rédigé en vers (un chant), racontant les exploits légendaires d'un héros ou d'un peuple (ce qui est fait). Héritière de traditions orales, l'épopée transcrit des récits mythiques mettant en scène des héros et des dieux, que récitaient ou chantaient les aèdes (poètes antiques).

Le texte de l'épopée conserve de nombreuses marques de cette origine orale : répétitions de vers ou de gestes rituels (par exemple, le repas dans les œuvres d'Homère), refrains, épithètes consacrées caractérisant les personnages principaux.

• LES ORIGINES DE L'ÉPOPÉE

L'*Épopée de Gilgamesh*, composée entre le XVIIIe et le XVIIe siècle avant J.-C. (l'*Odyssée* a été créée il y a *seulement* trois mille ans) est considérée comme la plus ancienne épopée. Elle relate les aventures de Gilgamesh, roi légendaire d'Uruk, héros de récits sumériens et babyloniens dont les plus anciens remontent à la fin du IIIe millénaire.

Il aurait été le cinquième roi de la première dynastie d'Uruk (2700-2500 avant J.-C.) et aurait régné 126 ans.

Elle est écrite en akkadien, langue ancienne transcrite en caractères cunéiformes. On la connaît car on a trouvé les tablettes d'argile datant du VIIIe siècle, sur lesquelles elle était gravée, à Ninive, dans la bibliothèque du roi Assurbanipal.

● LES CARACTÉRISTIQUES DU GENRE

Dans les épopées, les personnages principaux sont des héros hors du commun : leur force et leur courage sont surhumains, comme c'est le cas d'Achille dans l'*Iliade*. Ils sont doués de qualités qui les placent au-dessus des autres hommes : l'endurance et la ruse d'Ulysse en font un héros.
Le récit épique vante leur valeur en racontant leurs exploits : les héros combattent ou luttent contre les forces de la nature, risquent leur vie en affrontant de multiples dangers et des monstres terribles. Ils vont même, tels Gilgamesh ou Ulysse, jusqu'à descendre aux Enfers !
L'épopée fait une large place au merveilleux : dieux, déesses et créatures immortelles jouent un rôle dans le récit. Cependant, le réalisme n'est pas exclu : les textes homériques regorgent de scènes qui montrent la vie quotidienne au palais ou aux champs, les repas et les sacrifices.

Le mythe du déluge

Dans la Bible, Dieu punit les hommes qui l'ont mal servi en provoquant le déluge, une pluie de quarante jours qui recouvre la terre et noie ainsi tous les méchants. Mais auparavant, il a ordonné à Noé de bâtir une arche (un bateau) pour y abriter les siens et un couple de chaque espèce vivante. Il pourra ainsi, après la décrue, fonder une humanité nouvelle.
*Cette catastrophe mythique apparaît aussi dans l'*Épopée de Gilgamesh* où le récit du déluge aurait été ajouté vers 1200 avant J.-C. On le trouve également dans une légende grecque où Zeus punit les hommes par un déluge auquel survivent Deucalion et Pyrrha, couple exemplaire par sa piété, qui créent une nouvelle humanité à partir de pierres qu'ils jettent tous les deux.*

Tablette relatant l'Épopée de Gilgamesh : description du déluge (650 avant J.-C.) (Londres, British Museum).

Les grandes épopées en Grèce et à Rome

Les récits épiques se trouvent à l'origine de la littérature chez de nombreux peuples dans l'Antiquité : en Inde, il existe divers styles épiques. Dans les pays scandinaves et celtiques, les épopées sont appelées sagas et racontent les exploits de héros légendaires.

● L'ÉPOPÉE HOMÉRIQUE

L'*Iliade* et l'*Odyssée* d'Homère constituent les œuvres de référence des peuples grecs qui considèrent ces récits comme des modèles. Ces épopées constituaient le fondement de l'enseignement reçu par les enfants grecs. Elles inspirent également un grand nombre d'œuvres d'art antiques : de nombreux vases, coupes et amphores représentent des scènes tirées de ces récits.

● LE GENRE ÉPIQUE À ROME

La première épopée en latin est une traduction de l'*Odyssée* d'Homère par Livius Andronicus, un esclave d'origine grecque. En effet, après avoir conquis la Grèce (146 avant J.-C.), les Romains veulent égaler leur brillante civilisation. Ainsi, le poète Ennius compose la première épopée latine en hexamètres dactyliques, le vers de l'épopée grecque, employé aussi par Virgile, dans l'*Énéide*.

L'*Énéide*

Cette épopée nationale latine est dédiée à l'empereur Auguste et raconte les aventures du héros Énée, prince troyen, considéré comme l'ancêtre mythique des Romains. D'après la légende, Virgile, désireux d'égaler Homère, a voulu faire de son Énéide *une* Odyssée *et une* Iliade. *En effet, la première partie de son poème raconte la navigation d'Énée, prince troyen rescapé de Troie en flammes, jusque dans le Latium, en Italie, tandis que la suite du récit évoque les combats qu'il mène au côté du roi Latinus contre Turnus, roi des Rutules.*

Quel est l'univers de l'*Odyssée* ?

***L'Odyssée* n'est pas, comme *l'Iliade*, le récit de combats épiques opposant deux armées, mais celui d'une extraordinaire navigation où l'épopée devient une suite d'aventures. Le héros vogue sur « la mer sans limites », dans un univers étrange et inconnu.**

• LE HÉROS « AUX MILLE RUSES »

C'est par cette expression que certains spécialistes ont traduit l'épithète homérique polutropos *qui signifie « très habile, ingénieux ».*

Contrairement au « bouillant Achille », guerrier courageux et impulsif, Ulysse se distingue par son intelligence et sa maîtrise du langage.
Habile à persuader, il n'hésite pas à mentir : de retour à Ithaque incognito, il s'invente d'autres identités et, par ses récits, trompe le porcher Eumée et sa propre femme, Pénélope. Mais il a aussi une force exceptionnelle : seul il peut tendre l'arc qui va le venger des prétendants. Ces qualités lui valent la protection d'Athéna, déesse de la sagesse.

• L'INTERVENTION DES DIEUX DANS LE PÉRIPLE D'ULYSSE

Athéna conseille Ulysse et Télémaque, en prenant forme humaine pour les visiter. Les héros ont le privilège de côtoyer les dieux, mais métamorphosés. En effet, ceux-ci n'apparaissent pas aux humains sous leur forme divine, contrairement aux divinités secondaires comme la nymphe Calypso.
Poséidon le poursuit d'une haine vengeresse, pour le mal qu'il a fait à son fils Polyphème, et déchaîne contre lui vents et tempêtes.
D'autres dieux interviennent : Hermès, envoyé par Zeus, annonce à Calypso qu'elle doit laisser partir Ulysse ; la déesse marine Ino le sauve de la noyade.

• MONSTRES ET PEUPLES ÉTRANGES

Ulysse est confronté à des créatures effrayantes, synonymes de mort (les géants anthropophages, comme les Lestrygons ou les Cyclopes, ou les terribles monstres Charybde et Scylla) : tous ses compagnons meurent. Certaines rencontres représentent une tentation : les Lotophages se nourrissent du lotos qui procure l'oubli, les Sirènes charment par leur chant, qui hypnotise la raison.
On a pensé que ces êtres merveilleux symbolisaient l'étrangeté des contrées lointaines et des peuples inconnus que découvraient les navigateurs.

Étape I • Étudier la mise en place du récit

SUPPORT : Conseils d'Athéna à Télémaque (p. 12) et À Pylos, chez Nestor (p. 17)

OBJECTIF : Découvrir la figure du héros de l'*Odyssée* : Ulysse.

As-tu bien lu ?

1 Complète le texte suivant avec les noms des membres de la famille d'Ulysse.
Ulysse est le roi d'Ithaque.
Il succède sur le trône à son père, ...
L'épouse d'Ulysse se nomme ....
Ils ont un fils, ...

2 Où se situe l'action au début du récit ?

3 Où se rend Télémaque sur les conseils de la déesse Athéna ? dans quel but ?

4 Le roi de Pylos est :
☐ Ménélas ☐ Agamemnon ☐ Nestor

Un père absent

5 Qui sont les prétendants ? Réponds en précisant leur rang social et leur projet. Pourquoi la situation au palais d'Ithaque est-elle critique ?

6 Quels sont les sentiments de Télémaque face à cette situation ?

7 Que croit Télémaque au sujet de son père ?

Une figure de héros

8 En quoi Télémaque ressemble-t-il à son père : d'après Athéna ? d'après Nestor ?

9 De quels événements Nestor se souvient-il ?

10 De quelles qualités Ulysse est-il doté ? Quelle est celle qui le caractérise le plus ?

La langue et le style

11 Relève les adjectifs qui qualifient les guerriers cités par Nestor.

12 **a.** Relève les expressions qui désignent Athéna, Poséidon et Zeus. Quels aspects des divinités mettent-elles en avant ?

b. Quelle est la structure de ces expressions ? Comment se nomme-t-elle ?

Faire le bilan

13 En t'appuyant sur tes réponses précédentes, complète ce texte, montrant qu'Ulysse est présenté comme un héros dans ce début de récit, avec les mots suivants : Athéna – Nestor – Ithaque – ruses – Ajax – courage – la guerre de Troie – Achille – héros – sagesse.

Ulysse, roi d'.................................., est un véritable .... Il est absent mais on apprend, dès le début du récit, qu'il a participé à .... où les Achéens se sont illustrés. Il a combattu au côté de rois célèbres tels .... et de braves guerriers tels .... et .... Il a fait preuve de .... dans les combats et de .... dans les assemblées qui prenaient les décisions stratégiques. Mais c'est surtout par ses .... qu'il se distinguait des autres. Ces qualités font de la déesse .... sa protectrice.

À toi de jouer

14 Fais une recherche sur la déesse Athéna et constitue sa fiche d'identité. Tu y feras apparaître ses fonctions, ses attributs, le résumé de légendes dans lesquelles elle intervient. Trouve une représentation de la déesse afin d'illustrer ta fiche (vase antique, sculpture, peinture).

Étape 2 • Analyser la mise en place du récit dans le récit

SUPPORT : L'arrivée chez les Phéaciens (p. 33), Le festin chez Alkinoos (p. 39) et Le récit d'Ulysse (du début jusqu'à « mon départ de Troie ») (p. 42-43)

OBJECTIF : Comprendre que le récit des aventures d'Ulysse est un récit dans le récit* et un retour en arrière*.

As-tu bien lu ?

1 Dans quelles circonstances Ulysse parvient-il en Phéacie ?

2 Qui est Nausicaa ? Où Ulysse la rencontre-t-il ?

3 Numérote les actions suivantes dans l'ordre chronologique :

☐ Ulysse dévore le repas servi par les suivantes de Nausicaa
☐ Ulysse est reçu au palais d'Alkinoos
☐ Nausicaa joue à la balle avec ses suivantes
☐ Ulysse supplie Nausicaa de lui donner de quoi se vêtir
☐ Ulysse prend un bain
☐ Ulysse sort des broussailles

4 Qui est Démodocos ?

Une scène de banquet

5 Relève dans le texte les éléments qui montrent que le festin organisé par Alkinoos est somptueux.

6 Quelle est la fonction de Démodocos ?

7 Pourquoi Ulysse lui offre-t-il une belle part de viande ?

De glorieux en douloureux souvenirs

8 Quel est le sujet des chants de Démodocos ?

9 Quelle est la réaction d'Ulysse à l'écoute de ces chants ? Pourquoi réagit-il ainsi ?

10 Retrace les étapes de la chute de Troie telle que la chante l'aède Démodocos en replaçant dans l'ordre les phrases suivantes.

– « Les fils des Achéens se précipitèrent hors du cheval creux » : étape .....
– « Ils vainquirent avec l'aide d'Athéna au grand cœur » : étape .....

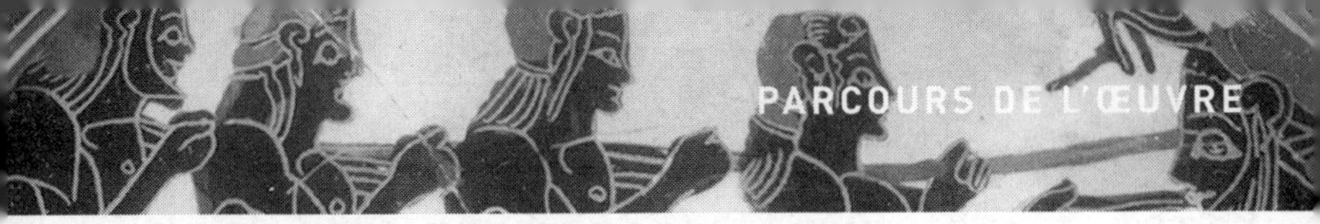

– Ils « saccagèrent la ville » : étape .....
– « Les Argiens, montés sur les navires aux bancs de rameurs, s'éloignèrent après avoir mis le feu aux tentes » : étape .....
– « Les autres Achéens étaient assis autour de l'illustre Ulysse, enfermés dans le cheval » : étape .....

11 Ulysse révèle-t-il tout de suite son identité à Alkinoos ? Relève une expression précise qui justifie ta réponse.

12 Quels renseignements le roi Alkinoos demande-t-il à Ulysse ? Relève des phrases précises prononcées par Ulysse, qui est décidé à lui répondre.

La langue et le style

13 Dans le passage qui raconte la chute de Troie, relève le champ lexical* de la guerre.

14 Quelle est la comparaison homérique* utilisée pour évoquer les pleurs d'Ulysse ? Complète le tableau ci-dessous. Pourquoi cette comparaison est-elle particulièrement bien choisie ?

Comparé	Outils de comparaison	Comparant

La langue et le style

15 Explique comment, à ce moment du récit, Ulysse devient un narrateur et évoque ce qu'il va raconter au roi Alkinoos.

À toi de jouer

16 Tu es Nausicaa et, revenue au palais d'Alkinoos, tu racontes à ta mère Arété ta rencontre avec Ulysse. Tu évoqueras notamment l'aspect physique de ce dernier et l'impression qu'il t'a faite.

17 Imagine que tu es un aède*. Fais le récit poétique et épique d'une des aventures d'Ulysse : choisis l'une de ses aventures et raconte-la de manière à mettre Ulysse en valeur. Tu peux utiliser des épithètes homériques, faire une comparaison homérique et montrer comment les qualités d'Ulysse lui permettent de surmonter cette épreuve.

Étape 3 • Étudier la rencontre avec le Cyclope

SUPPORT : Le Cyclope Polyphème (p. 45)

OBJECTIF : Observer comment le récit met en valeur les qualités du héros.

As-tu bien lu ?

1 Le Cyclope Polyphème est :
☐ un chasseur
☐ un berger
☐ un pillard

2 Vrai ou faux ? Les Cyclopes :
– sont de petite taille
☐ vrai ☐ faux
– vivent en société dans des cités
☐ vrai ☐ faux
– ont deux yeux humains et un au milieu du front
☐ vrai ☐ faux
– se croient plus forts que les dieux
☐ vrai ☐ faux

3 Combien de compagnons d'Ulysse le Cyclope dévore-t-il ?

4 Comment Ulysse et ses compagnons parviennent-ils à blesser le Cyclope ?

5 De qui Polyphème est-il le fils ? En quoi est-ce important pour la suite de l'histoire ?

Un ennemi à la force invincible

6 À quel élément naturel le Cyclope est-il comparé ?

7 Relève les éléments qui définissent son caractère sauvage et cruel.

8 Pourquoi Ulysse et ses compagnons demeurent-ils prisonniers de la grotte, après avoir aveuglé Polyphème ?

La ruse d'Ulysse

9 En quoi le discours qu'Ulysse tient au Cyclope à son arrivée est-il à la fois véridique et mensonger ?

10 Quels sont les éléments qui permettent à Ulysse et à ses compagnons d'aveugler le Cyclope ?

11 Pourquoi Ulysse déclare-t-il au Cyclope s'appeler « Personne » ?

12 Par quel stratagème Ulysse et ses compagnons parviennent-ils à sortir de la grotte ?

La langue et le style

13 À quels animaux les compagnons d'Ulysse qui se font dévorer les premiers sont-ils comparés ? et Polyphème ? Sur quelle différence ces deux comparaisons animales insistent-elles ?

14 Cet épisode comporte des passages sanglants et cruels : les compagnons d'Ulysse dévorés par le Cyclope et l'œil du géant crevé par Ulysse.
a. Relève la phrase qui, à plusieurs reprises, évoque Polyphème dévorant les compagnons.
b. Dans le passage où Polyphème se fait crever l'œil, relève les champs lexicaux de la violence et du feu.

Faire le bilan

15 **a.** Quel sentiment pousse Ulysse à visiter l'île des Cyclopes ? Relève des actions et des paroles d'Ulysse pour justifier ta réponse.
b. Quel est le trait de caractère d'Ulysse que cet épisode met en valeur ? En quelques lignes, explique en quoi Ulysse s'est montré audacieux puis très rusé face à Polyphème, qu'il ne pouvait pas vaincre par la force.

À toi de jouer

16 On oppose souvent la force à l'intelligence. Laquelle, selon toi, est supérieure à l'autre ? Explique ton avis à l'oral.

17 Imagine la vie de Polyphème après le départ d'Ulysse, ce qu'il devient, à partir du moment où il se retrouve aveugle.

Étape 4 • Lire le récit de la vengeance d'Ulysse

SUPPORT : L'épreuve de l'arc (p. 78) et Le massacre des prétendants (p. 83)

OBJECTIF : Étudier l'action dans les scènes d'affrontement finales.

As-tu bien lu ?

1 Où se situe l'action à ce moment du récit ?

2 Quelle sera la récompense pour celui qui réussira l'épreuve de l'arc ?
☐ l'arc d'Ulysse
☐ la main de Pénélope
☐ des objets précieux

3 En quoi l'épreuve de l'arc consiste-t-elle ?

4 Qui essaie de tendre l'arc le premier ? Pourquoi ?

5 Quel prétendant meurt le premier ?

Les derniers combats d'Ulysse

6 Quelles qualités sont indispensables pour réussir l'épreuve de l'arc ?

7 Lorsqu'il tend l'arc, Ulysse ne s'est pas encore fait reconnaître de tous.
Qui sont alors ses alliés ?
Comment donne-t-il des ordres à Télémaque ?

8 Relève les expressions et la comparaison homérique* qui montrent qu'Ulysse tend son arc avec facilité.

9 Pourquoi le combat entre Ulysse et les prétendants semble-t-il inégal ?

Une vengeance impitoyable

10 Quelle offre Eurymaque fait-il à Ulysse ? Ulysse l'accepte-t-elle ? Pourquoi ?

11 Par qui et avec quelles armes Antinoos et Amphinomos sont-ils tués ?

12 Relève dans le texte une expression récurrente caractérisant le regard d'Ulysse ? Quel est le sens de cette expression ?

13 Dans les paroles d'Ulysse et d'Eurymaque, relève les expressions qui montrent qu'Ulysse ne fera preuve d'aucune pitié envers ses ennemis.

La langue et le style

14 Dans le passage relatant la mort d'Antinoos, quels sont les deux champs lexicaux qui se mêlent et s'opposent ? Quelle impression ressort de l'association de ces deux champs lexicaux ?

15 Relis le passage relatant la mort d'Amphinomos.
- **a.** Relève les verbes d'action et classe-les en deux catégories : verbes de mouvement et verbes d'actions violentes.
- **b.** En t'appuyant sur ce relevé et sur l'enchaînement des actions, montre en quoi cette scène pourrait être facilement transposée au cinéma.

16 Sur quel nom l'adjectif qualificatif « impitoyable » est-il formé ? Aide-toi d'un dictionnaire pour répondre à cette question. Trouve d'autres mots de la même famille.

Faire le bilan

17 En quoi ces derniers combats d'Ulysse sont-ils différents des combats qu'il a dû livrer pendant son voyage ? Pour répondre, pense aux ennemis affrontés, aux lieux et aux circonstances des affrontements.

À toi de jouer

18 Imagine que la déesse Athéna prenne part au massacre des prétendants. Rédige un récit de combat au cours duquel la déesse affronte et vainc l'un d'eux. Pour préparer ton travail d'écriture, complète le tableau suivant.

	Noms désignant des armes	**Adjectifs caractérisant le personnage et son attitude**	**Verbes d'action**
Athéna			
Le prétendant			

Étape 5 • Comprendre la ruse de Pénélope

SUPPORT : Les retrouvailles d'Ulysse et Pénélope (p. 87)

OBJECTIF : Étudier l'écriture des sentiments dans le récit épique.

As-tu bien lu ?

1 Depuis combien de temps Ulysse a-t-il quitté Ithaque ?

2 Quel autre personnage est présent auprès d'Ulysse et Pénélope ?

☐ la nourrice
☐ Eumée
☐ Télémaque

3 Quelle preuve Ulysse donne-t-il à Pénélope que c'est bien lui qui se trouve en face d'elle ?

Il évoque :

☐ leur fils
☐ leurs noces
☐ leur lit

4 De quelle qualité Pénélope fait-elle preuve dans ce passage ? Justifie ta réponse en citant le texte.

Une scène de reconnaissance

5 Pourquoi Pénélope ne reconnaît-elle pas Ulysse ?

6 Pourquoi se montre-t-elle si méfiante ?

7 Quelle ruse Pénélope imagine-t-elle pour mettre Ulysse à l'épreuve ?

8 Ulysse tombe-t-il dans le piège ? Pourquoi, à ton avis ?

9 En quoi la preuve donnée par Ulysse constitue-t-elle un secret ? Explique précisément en quoi il consiste.

Des époux émus

10 De quelle façon Ulysse et Pénélope s'interpellent-ils au début au passage ? Pour quelle raison emploient-ils ces termes ?

11 Quelles expressions Ulysse emploie-t-il pour qualifier Pénélope dans sa première réplique ?

12 Quelle est la réaction de Pénélope quand Ulysse lui révèle leur « secret » ?

13 Quelle est la réaction d'Ulysse à la fin du passage ? Quels sentiments éprouve-t-il alors ?

La langue et le style

14 Relève les phrases exclamatives de ce passage. Quels sentiments expriment-elles ?

15 Recherche l'étymologie du verbe « embrasser » et le sens qu'avait ce verbe autrefois. A-t-il le même sens aujourd'hui ?

16 Trouve les antonymes des mots soulignés dans les expressions suivantes, extraites du texte.

Expressions	Antonymes
un cœur dur	
mépris et indifférence	
sa femme si sage	
le plus prudent des hommes	
malgré sa cruelle méfiance	

Faire le bilan

17 Dans ce passage, quel aspect du héros épique est mis en valeur ? En t'appuyant sur tes réponses précédentes et sur les paroles des personnages, explique les raisons pour lesquelles cette scène est émouvante.

À toi de jouer

18 Pénélope revoit Ulysse après vingt ans d'absence : comme il a changé ! Rédige le portrait d'Ulysse tel qu'il apparaît à Pénélope à la fin de l'*Odyssée*. N'oublie pas que, si le héros n'est plus un jeune homme, il demeure beau et fort. Insiste sur la description de ses traits qui ont vieilli.

Étape 6 • Étudier les périls de la mer affrontés par Ulysse

SUPPORT : Le radeau d'Ulysse (p. 28), le récit d'Ulysse (p. 42) et l'enquête (p. 114)

OBJECTIF : Étudier la nature des épreuves affrontées par le héros au cours de sa navigation et comprendre en quoi elles peuvent refléter les dangers réels de la navigation dans l'Antiquité.

As-tu bien lu ?

1 Quel héros grec, autre qu'Ulysse, a fait un long voyage ? dans quel but ?

2 Quel était le rôle des compagnons d'Ulysse à bord de leurs navires ?

3 Où demeure-t-il pendant sept ans après son naufrage ?
- ☐ chez les Lotophages
- ☐ sur l'île de Calypso
- ☐ au palais de Circé

4 Pour quelles raisons les Grecs voyagent-ils sur mer dans l'Antiquité ?

5 Quel peuple est considéré comme le meilleur dans le domaine de la navigation dans l'Antiquité ?

Un héros à la merci des flots

6 Au chant V, Ulysse bâtit un radeau. Relève tous les éléments qui constituent cette embarcation et montre que ce radeau est solide et prêt à affronter la mer.

7 Comment Ulysse se dirige-t-il ? Justifie ta réponse en citant le texte.

8 En t'appuyant sur les verbes et les adjectifs employés dans le récit de la tempête, montre qu'Ulysse est véritablement en danger de mort.

9 Comment s'appelle le bateau utilisé par les Grecs de l'époque d'Homère ?

À la rencontre de créatures étranges

10 Au cours de son voyage, Ulysse rencontre d'étranges peuples et de dangereux monstres marins. Complète le tableau en notant les particularités de ces êtres (apparence, coutumes) et le danger qu'ils représentent.

	Apparence	Coutumes	Danger
Les Cicones			
Les Lotophages			
Le Cyclope Polyphème			
Les Lestrygons			
Les Sirènes			
Charybde et Scylla			

11 De quelle façon Ulysse échappe-t-il à l'envoûtement du chant des Sirènes, tout en l'écoutant ?

12 D'après la carte du voyage d'Ulysse, où se situent Charybde et Scylla ? Quel danger chacun de ces monstres représente-t-il ? Quel danger réel peuvent-ils représenter pour des marins de l'Antiquité ?

La langue et le style

13 **a.** Cherche dans un dictionnaire le sens de l'adjectif qualificatif « impétueux ». Trouve, dans le texte (chant V, p. 30), un nom commun de la même famille.

b. Trouve les adjectifs qualificatifs correspondant aux noms suivants :

le péril .... le danger ....
la menace .... la tempête ....
la houle .... le nuage ....

14 Invente une épithète homérique* pour chaque peuple et monstre marin cités dans le tableau ci-dessus, en t'inspirant des caractéristiques que tu y as notées.

Faire le bilan

15 Ulysse n'est pas seulement un navigateur, mais aussi un héros épique. En t'appuyant sur tes réponses précédentes, explique en quoi les épreuves qu'il affronte sont réalistes – les marins de l'Antiquité pouvaient réellement y être confrontés – puis précise quelles épreuves relèvent du domaine du merveilleux.

À toi de jouer

16 Tu es Ulysse : rédige une page de ton journal de bord afin de relater l'épisode de ton choix (rencontre avec l'un des peuples ou des créatures rencontrés dans l'*Odyssée*).

Étape 7 • Analyser le rôle des dieux dans l'épopée

SUPPORT : L'ensemble du texte

OBJECTIF : Analyser le rôle joué par les dieux dans la destinée du héros et dans le récit.

As-tu bien lu ?

1 Relie chaque divinité au pouvoir qui est le sien dans le récit.

Hermès •	• peut rendre Ulysse immortel
Calypso •	• décide du destin des hommes
Athéna •	• déclenche vents et tempêtes
Poséidon •	• se métamorphose en être humain
Zeus •	• peut endormir les hommes grâce à sa baguette

2 Parmi ces divinités, laquelle vit sur une île merveilleuse ?

3 Quelle déesse use de sa magie contre Ulysse et ses compagnons ? De quelle façon ?

Les dieux : des personnages merveilleux

4 Calypso est une divinité « aux belles boucles » : quelle qualité cette épithète homérique* met-elle en relief ? Pourquoi cette qualité peut-elle expliquer le fait qu'Ulysse reste sept ans auprès de la nymphe ?

5 Recherche les diverses apparences humaines qu'Athéna a prises pour agir auprès de Télémaque et d'Ulysse. Complète ensuite le tableau.

	Personnage dont Athéna prend l'apparence	Fonction de ce personnage
Auprès de Télémaque, à Ithaque		
Auprès de Télémaque, à Pylos		
Auprès d'Ulysse, en Phéacie		

6 Montre, par des exemples précis tirés du texte, que les dieux dominent ou commandent les éléments.

Les dieux : adjuvants* ou opposants* d'Ulysse

7 Pour quelle raison Athéna chérit-elle et protège-t-elle Ulysse ?

8 Pour quelle raison Poséidon veut-il la perte d'Ulysse ?

9 Quel objet magique la déesse marine Ino prête-t-elle à Ulysse afin de le sauver de la noyade ?

10 À ton avis, Calypso est-elle un adjuvant ou un opposant d'Ulysse ? Justifie.

La langue et le style

11 Complète chaque nom de divinité par son épithète homérique :

Hermès .... L'Aurore ....
Zeus .... Athéna ....
Calypso .... Poséidon ....

12 Le mot grec *théos* signifie « dieu ». Complète les définitions ci-dessous par des mots formés sur la racine de ce mot grec et les éléments grecs suivants : a- ; -logie ; poly- ; -cratie ; mono-.

a. La .... est la science qui étudie les questions religieuses.

b. Une personne qui ne croit pas en l'existence d'un Dieu est un ....

c. La .... est un régime politique dans lequel le pouvoir émane de la divinité et est exercée par des prêtres ou un souverain considéré comme le représentant de cette divinité sur terre.

d. Les peuples qui croient en plusieurs dieux sont dits .... ; ceux qui croient en un Dieu unique sont ....

Faire le bilan

13 En t'appuyant sur tes réponses précédentes, rédige un court paragraphe expliquant pourquoi le destin d'Ulysse dépend de la volonté des dieux.

À toi de jouer

14 Tu es Ulysse et tu désires remercier la déesse Athéna pour l'aide qu'elle t'a apportée. Rédige un bref discours de remerciement en étant attentif au niveau de langue employé et à la façon dont tu t'adresses à la déesse. Apprends ce discours par cœur et récite-le comme un monologue.

La figure du héros : groupement de documents

OBJECTIF • Comparer des figures de héros mythologiques à une figure contemporaine de super-héros.

DOCUMENT 1 HOMÈRE, *Iliade*, chant XXII (extraits), traduction adaptée de Leconte de Lisle.

Achille poursuit Hector auprès des murailles de Troie. Athéna se place auprès d'Achille et l'exhorte à combattre. Puis, elle s'adresse à Hector sous les traits de Déiphobe, pour le convaincre de ne plus fuir.

Il parla ainsi, et, brandissant sa longue pique, la lança ; mais l'illustre Hector la vit et l'évita ; et la pique d'airain, passant au-dessus de lui, s'enfonça en terre. Pallas Athéna l'ayant arrachée, la rendit à Achille, sans que le prince des peuples, Hector, s'en aperçoive. Le fils de Priam dit au brave fils de Pélée :
– Tu m'as manqué, Achille semblable aux Dieux. Zeus ne t'a pas renseigné sur ma destinée, comme tu le disais ; ce n'étaient que des paroles vaines et rusées, afin de m'effrayer et de me faire oublier ma force et mon courage. Ce ne sera pas dans le dos que tu me perceras de ta lance, car je cours droit à toi. Frappe donc ma poitrine, si un dieu te le permet, et tente maintenant d'éviter ma lance d'airain. Fassent les Dieux que tu la reçoives tout entière dans le corps ! La guerre serait plus facile aux Troyens si je te tuais, car tu es leur pire fléau.
Il parla ainsi en brandissant sa longue pique, et la lança ; elle frappa, sans dévier, le milieu du bouclier du fils de Pélée ; mais le bouclier la repoussa au loin. Et Hector, irrité d'avoir lancé ce trait inutile, resta plein de trouble, car il n'avait que cette lance. Il appela à grands cris Déiphobe au bouclier brillant et lui demanda une autre lance ; mais, Déiphobe ayant disparu, Hector devina sa destinée et dit :
– Malheur à moi ! voici que les Dieux m'appellent à la mort. Je croyais que le héros Déiphobe était auprès de moi ; mais il est dans nos murs. C'est Athéna qui m'a trompé. La mort funeste est proche [...]. Mais, je ne mourrai ni lâchement, ni sans gloire, et j'accomplirai une grande action qu'apprendront les hommes futurs.

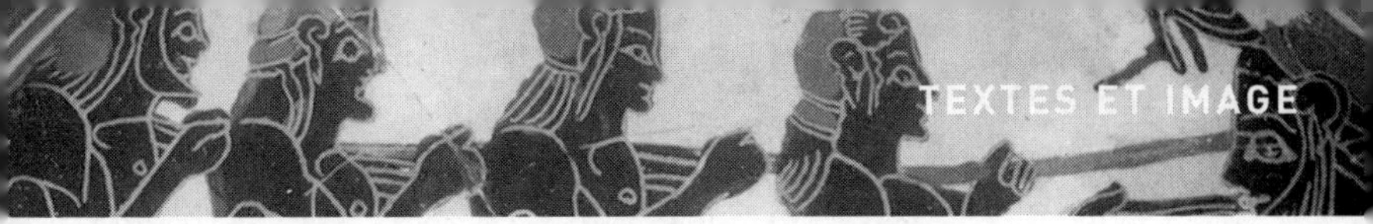

Il parla ainsi, et, tirant l'épée aiguë qui pendait, longue et lourde, sur son flanc, il se jeta sur Achille, semblable à l'aigle qui, planant dans les hauteurs, descend dans la plaine à travers les nuées obscures, afin d'enlever la faible brebis ou le lièvre craintif. Ainsi se ruait Hector, en brandissant l'épée aiguë. Et Achille, le cœur plein d'une rage féroce, se rua aussi sur le fils de Priam. Il portait son beau bouclier devant sa poitrine et secouait son casque éclatant aux quatre cônes et aux splendides crinières d'or mouvantes. [...] Les belles armes d'airain que le fils de Priam avait arrachées au cadavre de Patrocle le couvraient en entier, sauf à la jointure du cou et de l'épaule, là où la fuite de l'âme est la plus prompte. C'est là que le divin Achille enfonça sa lance, dont la pointe traversa le cou d'Hector ; mais la lourde lance d'airain ne trancha pas la gorge et il pouvait encore parler. Il tomba dans la poussière et le divin Achille se glorifia ainsi :
– Hector, tu pensais peut-être, après avoir tué Patrocle, n'avoir plus rien à craindre ? Tu ne songeais pas à moi qui étais absent. Insensé ! un vengeur plus fort lui restait sur les navires creux et c'était moi, qui ai rompu tes genoux ! Va ! les chiens et les oiseaux te déchireront honteusement et les Achéens enseveliront Patrocle !

DOCUMENT 2 PSEUDO-APOLLODORE, *Bibliothèque*, II, 5, 1-12 (extraits), Ier ou IIe siècle après J.-C.

Héraclès est un demi-dieu : afin d'expier un crime qu'il avait commis, il dût accomplir douze travaux imposés par son cousin, Eurysthée.

Héraclès se rendit à Tirynthe et accomplit tout ce qu'Eurysthée lui ordonna. Le premier travail qui lui fut imposé fut de rapporter la peau du lion de Némée, une bête féroce et invulnérable, née de Typhon. Ainsi Héraclès s'en alla affronter le lion et gagna Cléones, où il fut l'hôte d'un ouvrier agricole, Molorchos. Ce jour-là, ce dernier s'apprêtait à offrir une victime en sacrifice, mais Héraclès lui dit d'attendre trente jours : s'il revenait sain et sauf de la chasse, Molorchos devrait sacrifier à Zeus Sauveur ; et si au contraire il périssait, Molorchos devrait offrir le sacrifice à Héraclès, en tant que héros. Arrivé à Némée, Héraclès suivit les traces du lion et commença à le frapper

avec ses flèches ; mais il comprit immédiatement qu'il était invulnérable : aussi mit-il sa massue sur son épaule et le suivit-il. Le lion se réfugia dans une grotte à deux entrées. Héraclès en condamna une et entra par l'autre ; il s'approcha du fauve, le saisit au cou et l'immobilisa ; et il lui serra si fort la gorge qu'il mourut étouffé. Puis il souleva le lion sur ses épaules et retourna à Cléones. [...] Son deuxième travail fut de tuer l'hydre de Lerne.

DOCUMENT 3 photogramme du film *Spiderman 2*, réalisé par Sam Raimi en 2004, avec Tobey Maguire.

Cinquante ans après sa première apparition dans un comics *américain, Spiderman (l'homme araignée) devient le héros de films d'action à succès.*

As-tu bien lu ?

1 Qui sont les héros évoqués dans les documents 1 et 2 ?

2 Qui remporte le combat devant les murs de Troie ?

3 Quelle est l'arme d'Héraclès ?

☐ une lance ☐ une épée ☐ une massue

La guerre de Troie

4 Qui sont les adversaires en présence ? Pourquoi s'affrontent-ils ?

5 Relève dans le texte le champ lexical* de l'armement.

6 Les adversaires sont-ils égaux ? Justifie ta réponse.

Héraclès

7 Fais une recherche sur le héros Héraclès. Qui sont ses parents ? Pourquoi a-t-il dû accomplir ses fameux travaux ?

8 Quelle qualité permet à Héraclès de vaincre ses adversaires ?

9 Les créatures qu'affronte Héraclès sont d'une nature extraordinaire : pourquoi ?

Lire l'image

10 **a.** Fais une recherche sur la véritable identité de Spiderman.
b. Que peux-tu dire de ses origines, comparées à celles d'un héros de l'Antiquité ?

11 Décris la posture du héros sur l'image ? Que fait-il ? Quels semblent être ses pouvoirs ?

12 Dans quel lieu se trouve-t-il ? Qualifie cet arrière-plan de la façon la plus précise possible.

À toi de jouer

13 Les monstres vaincus par Héraclès étaient autant de fléaux qui terrorisaient les populations qu'ils attaquaient parfois. Imagine qu'Héraclès revienne sur terre pour accomplir un nouvel exploit en débarrassant le monde d'un fléau moderne. Choisis une épreuve parmi les suivantes : nettoyer les océans ; apporter de l'eau dans des pays désertiques ; détourner un ouragan.
Fais ensuite le récit de cet exploit, en mettant en relief la principale qualité du héros : sa force.

Ulysse navigue à travers la mer Méditerranée, cœur du monde occidental connu au temps d'Homère. Mais, à l'époque de l'Odyssée, la navigation se fait sur mer depuis longtemps et s'est bien développée. Les types de bateaux sont variés et adaptés à différents buts : commercer, explorer, faire la guerre.

Naviguer dans l'Antiquité

L'ENQUÊTE EN 5 ÉTAPES

1 Les Égyptiens : les premiers navigateurs ?

Le royaume d'Égypte se développe autour du Nil, fleuve nourricier et voie de communication. Mais, soumis au besoin de voyager jusqu'en Asie pour y trouver des matières premières, les Égyptiens favorisent le développement de la navigation. Il leur est, en effet, plus facile d'atteindre le littoral des régions orientales voisines par mer, en cabotant[1], que par voie terrestre.

● VOGUER AU-DELÀ DU NIL

Le transport fluvial sur le Nil est idéal : un vent du nord y souffle constamment, ce qui aide à remonter le fleuve.

Pour descendre le fleuve, les courants et les rames suffisent. Cela permet aux bâtisseurs que sont les Égyptiens d'acheminer sur les chantiers les matériaux de construction. Les premières embarcations sont des barques en papyrus.

Dès l'Ancien Empire, ils adoptent la voile, inventée vers 3500 avant J.-C. Leurs bateaux, en bois d'acacia, sont trop fragiles pour affronter la « Très Verte » (c'est-à-dire la Méditerranée), mais ils parviennent à les adapter à la navigation sur mer afin de se procurer du bois de cèdre en Phénicie.

La voile

*La voile, en fibre végétale tressée, constitue, avec la rame, l'unique moyen de propulsion du bateau dans l'Antiquité. Son emploi dépend du vent sans lequel, et à condition qu'il souffle dans la bonne direction, il est presque impossible d'avancer ! Déjà, avant leur départ pour Troie, l'absence de vent empêcha les Achéens de prendre la mer. On voit aussi, dans l'*Odyssée*, Ulysse et ses compagnons qui attendent que des vents favorables se lèvent ou que les vents contraires s'apaisent. L'épisode d'Eole est, à cet égard, particulièrement significatif.*

● AU PAYS DE POUNT

Les Égyptiens commercent avec la Nubie pour l'or et l'encens, l'Anatolie pour le cuivre et l'étain, l'Asie pour le précieux lapis-lazuli et la Crète et la Grèce pour l'huile. Mais

1. Caboter consiste à naviguer à distance limitée des côtes. Le cabotage a longtemps été pratiqué jusqu'à ce que les bateaux soient assez solides et bien équilibrés pour affronter la pleine mer.

ils prennent l'initiative d'expéditions au pays de Pount (situé en Somalie) : dès 2550 avant J.-C., le pharaon Sahourê envoie des bateaux chercher de la myrrhe[2], de l'électrum[3] et des bois précieux. Il y aura d'autres expéditions : sous Mentouhotep III (2060-2010 avant J.-C.), Sésostris Ier (1958-1913 avant J.-C.), puis sous la reine Hatchepsout, en 1493 avant J.-C., qui en fait rapporter antimoine (minéral qui sert à fabriquer le khôl), encens, défenses d'éléphants, peaux de panthère, animaux rares (lévriers, singes) et esclaves.

● LA PREMIÈRE BATAILLE NAVALE DE L'HISTOIRE

Les navires égyptiens servent aussi au transport de troupes. Des expéditions guerrières se font vers l'Asie, en particulier la Syrie, dès le milieu du IIIe millénaire avant J.-C. Les Égyptiens affrontent également les Peuples de la Mer (1200-1100 avant J.-C.), envahisseurs de diverses origines qui ont détruit l'empire hittite. Ramsès III écrase leur flotte à Raphia (1194 avant J.-C.), dans le delta du Nil, remportant la première bataille navale de l'Histoire.

Modèle de barque funéraire, Moyen Empire (vers 2033-1710 avant J.-C.), bois stuqué et peint (Paris, musée du Louvre).

2. La myrrhe est une gomme-résine aromatique issue d'un arbre d'Arabie.

3. L'électrum est un alliage d'or et d'argent extrait en Asie mineure, dans l'Antiquité.

2 Les Phéniciens : navigateurs et commerçants

Les Phéniciens sont considérés comme les navigateurs les plus hardis et les meilleurs commerçants de l'Antiquité. Les bateaux, qu'ils perfectionnent et manœuvrent parfaitement, sont le moyen pour eux de développer d'intenses échanges commerciaux, en établissant des comptoirs dans le bassin méditerranéen.

● L'ESSOR PHÉNICIEN

Vers l'an 1000 avant J.-C., un ensemble de cités-états de Mésopotamie devient la Phénicie, bande côtière située à l'ouest de la Syrie, qui sera dominée successivement par les Assyriens, les Babyloniens, les Perses puis les Grecs. Très bons artisans, les Phéniciens ont aussi inventé l'alphabet. Jusqu'au VIIe siècle, ils sont les meilleurs commerçants dont les navires, depuis leurs grandes cités de Tyr, Sidon et Byblos, sillonnent la Méditerranée jusqu'à l'Espagne (vers 970 avant J.-C.). Ils ont ainsi développé la navigation et fondé de nombreuses colonies sur le pourtour du bassin méditerranéen.

Amphore de type phénicien à décor peint (VIIIe siècle avant J.-C.) (Beyrouth, Musée national d'archéologie).

● LES COMPTOIRS PHÉNICIENS EN MÉDITERRANÉE

C'est le désir de trouver des ressources et des produits nouveaux pour en faire le commerce qui a poussé les Phéniciens à explorer des rivages de plus en plus lointains. La plus célèbre de leurs colonies est Carthage (Tunisie), fondée au IXe siècle avant J.-C. Les côtes africaines étant dangereuses à cause de nombreux récifs et de hauts-fonds[1], ils naviguent le jour et sont contraints de s'arrêter tous les 30 à 40 km : ainsi sont fondés les comptoirs phéniciens

1. Le haut-fond est un sommet sous-marin recouvert de peu d'eau.

qui jouent un rôle très important dans le commerce et les échanges pendant l'Antiquité.

● **D'HABILES NÉGOCIANTS**

Le nom des Phéniciens vient du mot grec phoinix qui signifie « rouge ». Ils fabriquent et exportent en effet un produit de choix : la pourpre, teinture rouge obtenue à partir d'un mollusque gastéropode, le murex. Les Phéniciens exportent aussi du bois de cèdre et de pin, des objets en métal, en verre, diverses productions agricoles, ainsi que des métaux et des produits ou des animaux exotiques qu'ils vont chercher très loin pour les revendre aux Égyptiens, aux Mésopotamiens et aux Grecs. Leurs comptoirs et leurs colonies leur permettent de contrôler les voies maritimes.

Le périple du navigateur Hannon

Vers 500 avant J.-C., Hannon, un navigateur phénicien, part avec 60 pentécontères, emmenant 30 000 colons[2]. On connaît le récit de son voyage car il l'a fait graver sur une table de bronze, gardée dans le temple de Cronos, à Carthage, où un voyageur grec le recopia. Il a fait le tour de l'Afrique par l'ouest, fondant de nombreuses colonies sur les côtes marocaines. Plus au sud, il atteint l'embouchure du fleuve Sénégal et continue jusqu'au Cap-Vert, semble-t-il. Arrêté par le calme plat et la chaleur, il ne va pas au-delà de la Sierra Leone et fait demi-tour.

Nef de commerce sidonienne, ex-voto dédié au dieu Zeus Beithmarès (début du IIe siècle), art phénicien (Beyrouth, Musée national d'archéologie).

2. Le colon est une personne qui quitte son pays pour vivre dans une colonie, une ville fondée à l'étranger par son peuple.

3 Les Grecs : des navigateurs réputés

La Grèce est entourée de mers et la mer Égée est parsemée d'îles innombrables : cette situation géographique incita les Grecs à naviguer dès la plus haute Antiquité. Les voyages légendaires de Jason et d'Ulysse en sont peut-être le souvenir. C'est la nécessité de faire la guerre, mais aussi celle de commercer ou de quitter leur pays pour fonder des colonies, qui ont poussé ces hommes à prendre la mer.

● DES NAVIGATEURS DE LÉGENDE : JASON ET ULYSSE

Les héros* légendaires Jason et Ulysse ont parcouru de longues distances, le premier vers l'est, le second vers l'ouest. Certains savants pensent que leurs fabuleux voyages sont le souvenir lointain d'expéditions humaines de l'âge du bronze.

Jason[1] veut reprendre le trône à son oncle Pélias, qui le lui rendra à condition qu'il lui rapporte la Toison d'or, pelage d'un bélier merveilleux, gardé par un dragon, en Colchide[2]. Le héros embarque sur l'Argo, un navire magique qui se dirige seul. Cinquante héros l'accompagnent : les Argonautes. Parmi eux se trouvent Castor et Pollux, Orphée, Pélée, Télamon et Héraclès. Grâce aux qualités de chacun, ils surmontent les dangers de ce périple[3] : par exemple, le chant du musicien Orphée annihile le pouvoir de celui des Sirènes.

Jouet des vents et de la volonté de Poséidon, Ulysse a erré longtemps en Méditerranée occidentale. Le savant Victor Bérard a tenté d'identifier les lieux évoqués dans l'*Odyssée*, convaincu que l'épopée s'appuyait sur la réalité géographique. Il situa les Lotophages en Tunisie, les Lestrygons en Sardaigne, Circé, le Cyclope et l'entrée des Enfers sur la côte occidentale de l'Italie. Cependant, « l'*Odyssée* n'est pas plus fidèle à la géographie que l'*Iliade* à l'histoire »[4].

1. Jason est le fils d'Aeson, roi d'Iolcos, en Thessalie.
2. Région située à l'extrémité de la mer Noire.
3. Du grec *peri*, « autour » et *ploos*, « navigation », désigne un voyage long aux étapes nombreuses.

● LES GRECS, UN PEUPLE DE MARINS

Les Crétois du IIe millénaire avant J.-C. sont déjà d'habiles navigateurs et possèdent une flotte. Les Grecs héritent leurs techniques de construction des bateaux et de navigation des Phéniciens et, comme eux, ils peignent un œil sur leurs proues. À l'époque d'Homère, le bateau des Grecs est la pentécontère. Mais c'est la trière qui va faire des Grecs les maîtres de la mer Égée et assurer le succès des Athéniens lors de la bataille de Salamine (480 avant J.-C.) contre les Perses.

La navigation permet l'expansion des Grecs et la diffusion de leur culture : ils fondent des colonies dès le VIIIe siècle avant J.-C. en Sicile, en Italie du Sud et sur la côte nord-occidentale de l'Asie mineure. Surtout, le commerce maritime leur permet, en échange de céramique, de vin et d'huile d'olive, d'importer du blé (d'Égypte, de Grande Grèce, de Sicile...), des métaux pour la fabrication d'armes et de monnaie (d'Asie mineure, de Thrace, d'Espagne) mais aussi des épices, des tissus...

Ulysse a-t-il existé ?

Les Anciens le croyaient, comme ils pensaient que la guerre de Troie avait eu lieu. A Ithaque, dans une grotte, des archéologues ont trouvé des trépieds de bronze comparables à ceux que les Phéaciens offrent à Ulysse et des fragments de poterie portant son nom. Selon le géographe Strabon (Ier siècle avant J.-C.), on pouvait voir à Abdera (Adra, en Espagne) des boucliers et des éperons de navires de la flotte d'Ulysse. L'historien latin Tacite (Ier siècle après J.-C.) évoque une ville germanique qu'il aurait fondée.

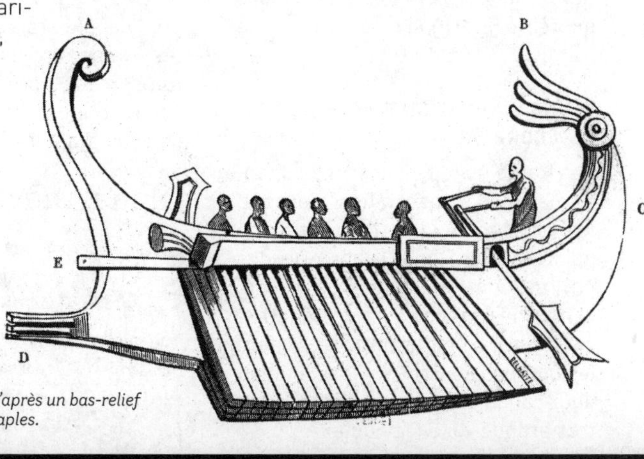

Trière grecque, relevé d'après un bas-relief du musée Barbonico, Naples.

4. Citation extraite du livre de Jacqueline de Romilly, *Homère*, coll. « Que sais-je ? », PUF.

4 Les Romains avaient-ils le pied marin ?

Les Romains, éleveurs et agriculteurs, sont de piètres marins. Mais leur esprit pratique et leur désir de conquête les amènent à se doter d'une flotte pour étendre leur empire.

● D'HABILES COPIEURS

Au IVe siècle avant J.-C. apparaît la quinquérème qui hérite de la pentère grecque, à cinq files de rameurs de chaque côté, et devient le navire de guerre des Romains sous la République. L'équipage atteint 300 hommes. C'est pour lutter contre les Carthaginois que les Romains se sont dotés d'une flotte : ils auraient copié une quinquérème carthaginoise dont ils s'étaient emparée !

● UNE INNOVATION ROMAINE : LE « CORBEAU »

Les Romains ont innové en équipant ce navire de passerelles d'assaut, les « corbeaux » (*corvi*) munis d'une pointe de fer, pour l'abordage des navires ennemis. Après un déclin, la marine romaine, lors des guerres civiles du Ier siècle avant J.-C., préfère les *liburnae*, navires rapides à un ou deux rangs de rames et dotés d'une très grande voile triangulaire.

● D'INTENSES ÉCHANGES COMMERCIAUX DANS L'EMPIRE

L'empire romain, toujours plus vaste au fil des conquêtes, a des besoins de plus en plus importants : blé d'Égypte et d'Afrique du Nord, métaux comme l'étain, de Grande-Bretagne, indispensable aux peuples de l'Antiquité pour la fabrication du bronze, huile, vin, esclaves. Mais l'étendue de l'empire permet l'importation de produits plus rares, venus de toutes les provinces : crustacés, épices, parfums, pierres précieuses et soie de Chine (dont la route existe depuis l'an 300 avant J.-C.).

La marine marchande

Les bateaux de commerce ont toujours été plus gros que les navires de guerre, plus longs et plus étroits : il fallait de la place pour les marchandises ! Avec le développement du commerce, la taille des navires augmente encore : sous l'Empire romain, un navire marchand pouvait transporter 400 tonnes. C'est à bord d'un bateau construit exprès pour l'occasion que l'empereur Caligula fit transporter à Rome un obélisque égyptien, qui se trouve aujourd'hui sur la place Saint-Pierre, à Rome.

5

Les dangers de la Méditerranée

Les hommes de l'Antiquité craignaient la mer, cet élément immense, mouvant et imprévisible. Les monstres marins de la mythologie, ainsi que les temples dédiés à Poséidon, montrent que les marins étaient conscients des terribles dangers qui les guettaient.

● SE PERDRE

De jour, on se repère grâce au soleil et on cabote le long des côtes. De nuit, les Grecs naviguent grâce aux étoiles, car ils ont une bonne connaissance des constellations. On a retrouvé des amphores percées de trous d'un seul côté pour diffuser la lumière d'un flambeau, qui attestent cette navigation nocturne. On ne voyage pas entre octobre et avril car le ciel n'est pas assez clair en Méditerranée pour voir les étoiles.

● S'ÉCHOUER

Les navigateurs de l'Antiquité pratiquaient beaucoup le cabotage. Mais, en Grèce par exemple, les côtes très découpées sont dangereuses et le risque de s'échouer est permanent.

Scène nautique, mosaïque de la place des Corporations (détail, IIe siècle avant J.-C.) (Italie, Port antique d'Ostie).

Les Romains contre les pirates

À 23 ans, Jules César est enlevé par des pirates de Pharmacuse, près de Milet (Asie mineure). Ils en voulaient une rançon de 30 talents : César estimait en valoir 50 ! Pendant sa captivité, il leur promit qu'il les ferait arrêter et crucifier. Ce qu'il fit après sa libération... en raflant au passage une importante somme d'argent !
En 67-66 avant J.-C., Pompée le Grand anéantit les pirates en Méditerranée. À cette occasion, la Crète, repaire de pirates, est annexée.

De plus, la visibilité est réduite par mauvais temps ou de nuit. D'août à septembre, il y a également des tempêtes fréquentes et on préfère ne pas naviguer en cette période. Il y aussi les courants et les tourbillons qui rendent la navigation difficile ; Charybde, le tourbillon, et Scylla, le monstre tapi dans son rocher, pourraient représenter le dangereux détroit de Messine. Les légendes évoquent des îles ou des roches flottantes comme les Planctes à l'entrée de la mer de Sicile et les Symplégades, deux rochers géants s'entrechoquant situées sur le détroit du Bosphore. Les naufrages étaient donc fréquents, comme le montre le nombre d'épaves trouvées au fond de la mer par les archéologues.

● LES PIRATES

Plusieurs fois évoqués dans l'*Odyssée*, ces brigands de la mer existent depuis que les hommes naviguent. Ce sont des marins expérimentés et audacieux qui traquent les navires de commerce pour les piller et font des razzias dans les villes côtières. Les grands empires maritimes, tels la Ligue de Délos puis l'Empire romain, les pourchassent afin d'assurer leur sécurité.

Les peuples hostiles

Les peuples des terres lointaines et peu connues sont parfois hostiles, d'autant que les voyageurs venus de la mer, comme les pirates, font des razzias là où ils débarquent (comme Ulysse, pillant le temple d'Apollon chez les Cicones). Les Lestrygons et les Cyclopes, créatures gigantesques et cannibales qu'affronte Ulysse, symbolisent peut-être le danger que ces peuples inconnus représentaient alors.

Petit lexique du genre épique

Adjuvant	Personnage qui constitue une aide pour le héros.
Aède	Dans la haute Antiquité, poète qui composait et récitait, de palais en palais, de très longs poèmes épiques appris par cœur en s'accompagnant de musique.
Champ lexical	Ensemble de mots qui se rapportent à un même thème.
Comparaison homérique	Comparaison qui met en parallèle une péripétie épique (combat, danger, attaque...) et une scène de la vie quotidienne (chasse, pêche, travail artisanal...). Ce type de comparaison est caractéristique des épopées d'Homère.
Devin	Sage auquel les dieux permettent de connaître l'avenir.
Énéide	Épopée composée par Virgile qui raconte le voyage d'Énée, parti de Troie, et son installation en Italie, où son lointain descendant, Romulus, fondera Rome.
Épique	Relatif au genre de l'épopée.
Épithète homérique	Expression qui évoque la caractéristique essentielle d'un lieu, d'une divinité, d'un mortel héroïque (Nausicaa aux bras blancs, Poséidon aux cheveux bleus, Ulysse à l'âme endurante...).
Épopée	Long poème en vers relatant les exploits de héros légendaires.
Héros	À l'origine, c'est ainsi que les Grecs nomment les demi-dieux, nés d'une divinité et d'un(e) mortel(le). Personnage doué de qualités exceptionnelles.
Hexamètre dactylique	Type de vers grec utilisé pour rédiger l'*Iliade* et l'*Odyssée*.
Iliade	Épopée d'Homère qui relate la dernière année de la guerre de Troie entre Achéens et Troyens.
Merveilleux	Ensemble de scènes, de lieux et de personnages surnaturels considérés comme naturels dans l'univers d'un récit.
Mythologie	Étude des récits anciens à dimension religieuse qui mettent en scène des dieux, des héros et des créatures légendaires.
Opposant	Personnage qui constitue un obstacle pour le héros.
Personnification	Procédé qui consiste à attribuer à un être non humain ou à une chose les actions ou les sentiments d'une personne.
Récit dans le récit	Récit inséré dans le récit principal.
Retour en arrière	Passage narratif qui ne se situe pas dans la continuité chronologique des actions, mais est antérieur à l'action principale.

Petit lexique de l'*Odyssée*

Achéens	Habitants de l'Achaïe (sud de la Thessalie et nord-est du Péloponnèse). Ce nom désigne l'ensemble des peuples de langue grecque chez Homère. Il les appelle aussi Argiens (habitants d'Argos, dans le nord-est du Péloponnèse) ou Danaens (descendants de Danaos).
Achille	Fils du roi thessalien Pélée et de la déesse marine Thétis. Chef des Myrmidons, il est le guerrier le plus redoutable des Achéens qui combattent à Troie. Il n'était vulnérable que par son talon où le Troyen Pâris lui décocha une flèche mortelle.
Agamemnon	Roi de Mycènes, chef de l'expédition des Achéens contre Troie.
Ajax	Fils de Télamon, un des plus braves guerriers achéens. Il se disputa avec Ulysse l'armure du défunt Achille. Ulysse l'ayant emporté, il devint fou et se donna la mort.
Alkinoos	Roi des Phéaciens, sur l'île de Schérie, et père de Nausicaa.
Athéna	Fille de Zeus, déesse grecque de la sagesse, de la guerre stratégique et des artisans.
Calypso	Nymphe, fille d'Atlas, qui vit sur l'île d'Ogygie.
Castor et Pollux	Jumeaux fils de Léda, frères d'Hélène et Clytemnestre. Castor est le fils de son époux Tyndare, Pollux est le fils de Zeus, qui l'avait séduite sous l'apparence d'un cygne.
Cicones	Tribu thrace alliée de Priam contre lesquels Ulysse et ses compagnons mènent un combat sanglant.
Circé	Magicienne, fille d'Hélios, le dieu-Soleil, et de la déesse marine Perséis.
Charybde	Fille de Poséidon et de Gaïa, transformée en gouffre marin pour avoir dévoré des bêtes appartenant à Héraclès.
Cyclope	Géant ne possédant qu'un œil unique au milieu du front.
Éole	Fils du mortel Hippotès, assimilé au dieu des vents.
Eumée	Fidèle porcher d'Ulysse.
Euryclée	Nourrice d'Ulysse.
Héraclès	Fils de Zeus et de la princesse Alcmène. Doté d'une force extraordinaire, il accomplit de nombreux exploits, dont les fameux douze travaux, et participa à l'expédition des Argonautes.

Hermès	Fils de Zeus et de la nymphe Maia, messager des dieux et dieu des messagers, des voyageurs et des voleurs.
Hélios	Nom grec du dieu-Soleil.
Lestrygons	Peuple de géants anthropophages.
Lotophages	Peuple qui vit sur une île fabuleuse et se nourrit de la fleur du lotos (ou lotus) qui leur procure l'oubli.
Ménélas	Roi de Lacédémone (ou Sparte), fils d'Atrée et frère d'Agamemnon.
Mentor	Vieil habitant d'Ithaque et ami fidèle d'Ulysse qui le charge de veiller sur sa famille. Athéna prend son apparence.
Nausicaa	Jeune princesse phéacienne, fille du roi Alkinoos.
Nestor	Vieux roi de Pylos (dans le Péloponnèse), fils de Nélée et de Chloris, qui a combattu à Troie.
Nymphe	Divinité féminine de la nature.
Orphée	Musicien légendaire fils d'une Muse. Il participa à l'expédition des Argonautes et tenta d'arracher l'âme de son épouse Eurydice aux Enfers.
Pélée	Père d'Achille. Il a participé à l'expédition légendaire des Argonautes.
Polyphème	Cyclope, fils de Poséidon et de la nymphe Thoosa.
Poséidon	Frère de Zeus, dieu des mers et des tremblements de terre, armé d'un trident.
Sirènes	Créatures mi-femmes, mi-oiseaux, filles du dieu-fleuve Achéloos – ou du dieu marin Phorcys – et d'une nymphe. Leur chant ensorcelant cause la perte des marins.
Scylla	Fille du dieu marin Phorcis et de la nymphe Crateïs transformée par Circé en monstre marin à six têtes et douze pieds, dont la taille est enserrée par une ceinture de chiens.
Télamon	Roi de Salamine, frère de Pélée et père d'Ajax le Grand. Il participa avec son frère à l'expédition des Argonautes.
Tirésias	Devin aveugle originaire de Thèbes qui garde aux Enfers son pouvoir de divination.
Zeus	Fils de Cronos et de Rhéa, dieu du Ciel et souverain de tous les dieux.

À lire et à voir

● SE FAMILIARISER AVEC LES HÉROS D'HOMÈRE

G. Chandon, *Contes et récits tirés de l'Iliade et de l'Odyssée*, Pocket junior, 2002

Homère, adapté par M. Laffon, *Les Héros de l'Iliade*, Le Livre de Poche jeunesse, 2009

Un Piège pour Iphigénie ; Hector, le bouclier de Troie ; Les Combats d'Achille ; Les Cauchemars de Cassandre, Nathan, coll. « Histoires noires de la mythologie »

● LES FILMS ET LES DESSINS ANIMÉS AUTOUR D'ULYSSE

Ulysse 31, dessin animé franco-japonais de Shingo Araki (1981)

Troie, film de Wolfgang Petersen (2004)

Table des illustrations

7, 8 ph © Bridgeman Giraudon
38 ph © Archives Hatier
64 ph © Archives Charmet / Bridgeman Giraudon
77 ph © Erich Lessing / Akg-Images
89 ph © The Metropolitan Museum of Art, Dist. RMN / image of the MMA
93 ph © Akg-images
112 ph © Prod DB © Columbia - Marvel Entertainment / DR
117 ph © Christian Larrieu / RMN
118, 119 ph © Philippe Maillard / Akg-Images
121 © Roger-Viollet
123 ph © Alinari / Bridgeman Giraudon
90 à 113 ph © Archives Hatier

Iconographie : Hatier Illustration
Principe de maquette : Marie-Astrid Bailly-Maître & Sterenn Heudiard
Suivi éditorial : Raphaële Patout
Illustrations intérieures : Martin Maniez
Mise en pages : Facompo

Achevé d'imprimer par Grafica Veneta à Trebaseleghe - Italie
Dépôt légal : 93963-1/05 - Juillet 2015

IMPRIM'VERT

PAPIER À BASE DE FIBRES CERTIFIÉES

Hatier s'engage pour l'environnement en réduisant l'empreinte carbone de ses livres. Celle de cet exemplaire est de : 300 g éq. CO_2 Rendez-vous sur www.hatier-durable.fr